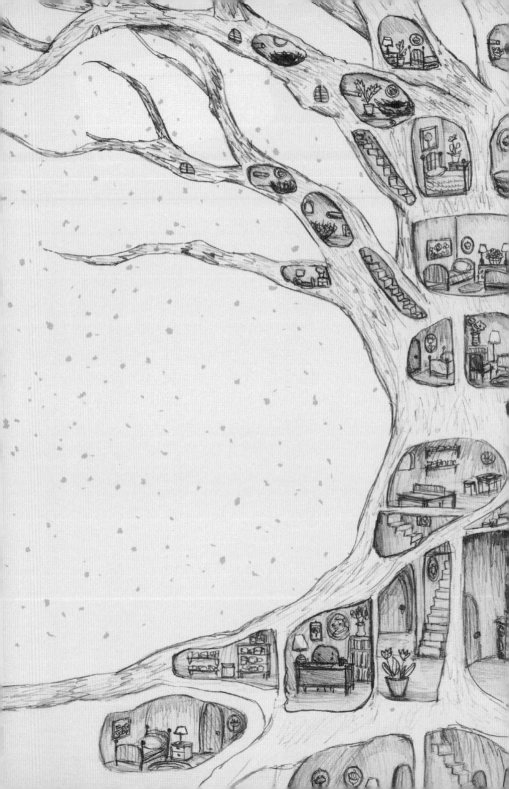

Heartwood Hotel

樹旅館

最棒的禮物

凱莉·喬治 Kallie George　著

史蒂芬妮·葛瑞金 Stephanie Graegin　繪

黃筱茵　譯

各界暖心好評

在充滿溫暖的《樹旅館》中，有著許多個性雖不完美但各具特色的動物角色，讀者就在閱讀的過程中，隨著各個角色去經歷與學習「如何善良、如何勇敢、如何珍惜自己所擁有的」，最後在充滿溫暖與快樂的心情下，滿足的闔上書本。

—— 地方爸爸和他的小幫手們 （粉絲專頁版主）

我認識一位孩子，他說冬天的寒流會讓他更想要起床，因為在冬天奮發努力做自己覺得開心的事情，是一種跟生命對話的感覺。說這句話時，他已經高一了，想必他是在充滿刺激挑戰的校園生活中找到自己。

《樹旅館》中的每一個角色，在雪花紛飛的時候依然沒有停下腳步，作者鉅細彌遺的描寫森林旅館中的場景，讓人更能想像小動物的生活節奏。不知道牠們是不是也和那位高中生一樣，在例常循環的生活腳步中，看見自己的身影和夢想？

我想推薦這本書給孩子們，因為這是一本超越季節的故事，也不只是小動物的生活故事。如果慢下來閱讀，更能找到自己的身影和夢想，在看似一成不變的生活中。

—— 陳培瑜 （閱讀推廣人）

在樹旅館，讓生命和生命產生連結，可以看見夥伴間所能給予最大的支持和陪伴，有心的縫合也有「家」的重建，是一份份專屬的禮物。

——彎彎老師 （一起來彎樂。彎彎的語文遊樂園）

以有趣、可愛的方式來談「情感」，《樹旅館》的前兩集故事討論「難過」與「受傷」，透過主角鮮明的個性來刻畫，如何以理性、思慮周延的方式處理情緒問題。閱讀這系列的故事，同樣能幫孩子處理類似的困擾。

——《The Laughing Place Blogspot》 （網站書評）

小老鼠莫娜經歷一開始的恐懼，缺乏安全感，到最後的無懼、勇敢，了解自己能力的極限。主角人物一路的性格成長，是閱讀章節小說的最佳入門書。

——《Mundie Kids》 （網站書評）

文字淺白易讀，搭配細緻的鉛筆畫插圖，是最適合中年級開始閱讀章節小說。讀者很容易就能跟著小老鼠莫娜的步伐，進入故事情節中開始尋找家、友誼及認同。隨著

每一集的故事，讀者也跟著主角的成長，體會更多人生課題。

—— 《Michigan Mom Living》 （網站書評）

透過暖心的故事，讓我們知道，出自正確與良善的立場，不遵守規定也不是什麼大過錯。有時候，就是得突破成規，才能把事情做對。因為知道同伴需要幫忙，所以善良且同理心十足的莫娜，寧願「不照規定走」。我們也必須學著面對自己的恐懼，畢竟「要勇敢」沒有那麼容易。更重要的是，只要一起合作，事情總會簡單許多！

—— 《Once Upon a Twilight》 （網站書評）

 導讀

沉浸在自然與愛的驚奇裡

黃筱茵（本書譯者）

　　《樹旅館》系列故事，描述失去父母的小老鼠莫娜來到樹旅館，憑藉著勇氣與愛，化解各種危機，讓樹旅館成為自己全心擁抱的「家」的動人過程。這套作品兼具自然文學的優點與冒險故事的趣味，同時也可說是莫娜的成長故事，流暢清新，生動自然，翻開書頁，就令人愛不釋手的想一口氣看完。

　　莫娜戰戰兢兢的來到樹旅館，認識了旅館裡許多個性鮮明的員工，還有形形色色的住客，大家的友誼與關懷，讓莫娜不再失落迷惘。不過，最重要的是，莫娜也用她的真心真意，樂於提供協助的熱忱，守護了樹旅館，與沒有血緣關係、卻彼此相知相惜的一群「家人」，共同創造了「真正的家」。

　　《樹旅館》共有四集，依循季節的流轉，以及蕨森林四季的生態變化，帶我們進入高潮迭起、溫馨又融入冒險與挑

戰的故事情節。莫娜一次次遭遇驚心動魄的事件：賴以棲身的家，被大水沖走；遇見狼群，好在靠智取保護了大家；在足以致命的大雪中，奮不顧身的營救好友；森林火災迫近時，先是撤離旅館，隨後又不顧自身安危，返回旅館勸離賀伍德先生。

莫娜不但屢次化險為夷，度過危機，最令人感動的是，她的心靈在歷經各種試煉與磨難後，愈發堅強。從她看見樹旅館的門上刻著與自己行李箱上同樣的一顆心之後，發現爸媽與樹旅館可能有淵源，莫娜熱切的想透過這些收集到的訊息，捕捉自己與爸媽間的連結。

莫娜在樹旅館工作時，更與松鼠提莉成為情同姊妹的好友。起初，莫娜認為提莉討厭她，後來才明白，提莉對待她的態度有其緣由，原來提莉之前也痛失家人，她們的生命經驗同樣辛酸又堅韌。

作者細膩描寫每個角色的心境與性格，也是這個系列的一大特色。個性衝動活潑的提莉看似愛抱怨，其實她最能理解莫娜想要追尋家的心情；莫娜令人印象深刻的膽識，可歸因於她深具同理心，不論對方是身形巨大的熊或者啃著旅館大門花圈的鹿。當提莉與弟弟亨利久別重逢，莫娜很擔心自己不再是提莉最重要的朋友，那種又期待、又怕受傷害、

又不願承認心裡惶恐不安的擔憂，道出友情與愛如何牽絆著我們的心。

此外，對於保護蕨森林小動物充滿使命感的旅館老闆賀伍德先生；掌管訂房、熱愛工作的蜥蜴吉爾斯等，每個角色靈動的展現出各自鮮明的性格。

這個系列也為讀者端出豐盛的自然饗宴。隱密的樹旅館，蓋在一棵巨大樹木的樹心內部，分為地面層和地底層，分別容納不同體型與不同需求的旅客。走進旅館，你會看見形形色色的動物，依季節遷徙、入住與退房。他們或是在樹旅館度過冬眠時光，或是享用主廚精心烹調的料理，在專屬的房間度過美好的恬然時刻，感受不同季節的風景。不過從另一方面來說，《樹旅館》也讓讀者身臨其境的深刻體會自然界的真實樣貌，包括可怕的天災，以及弱肉強食。

作者用剔透澄淨的心與眼，觀察自然世界起起落落的各種變化：陽光灑在萬物身上的蓬勃生氣與喜悅；大雨、暴雪或大火無情的毀壞動物們的居所，使他們糧食匱乏、移動困難，甚至生命遭受威脅……自然是萬物生命的來源，卻也隨時可能奪走他們的性命。自然充滿力量、是生命的禮物，卻也危機四伏。我們在展讀故事時，不妨開啟所有的感官，一波接一波的感受蕨森林裡每一隻動物的處境、擔憂

與盼望。

作者以莫娜、提莉和亨利這幾隻失去雙親的動物，來闡述愛的可能，以及對於家的盼望。《樹旅館》的情節環繞著對於家的思辨開展。失了住所，還能在另一個地方重新找到家嗎？失去了親人，能以友誼與信任來建立新的關係與連結嗎？愛的關係一定要獨占才代表絕對嗎？相知相繫的情感與惦念，是否能構築心所嚮往、提供溫暖與力量的家呢？

莫娜多次奮不顧身的守護樹旅館、員工與住客，彰顯了她對這群新／心靈家人的看重，因為這間庇護了蕨森林無數弱小動物的旅館（包括莫娜的親生父母），是莫娜願意用生命保衛的家。

除了大大小小的動物，《樹旅館》對昆蟲也有非常精采的著墨。從故事第一集戴著時髦眼鏡的《松果日報》祕密訪查員、夢遊的瓢蟲家族，到慶典時博得滿堂彩的螢火蟲團隊，與螢火蟲聯手擊退貓頭鷹的蜜蜂……每一段描摹都滿溢著驚奇！集合知性與感性的筆觸，還有對於自然與所有生命豐沛的知識與愛，創造出雋永甜美的故事篇章。閱讀《樹旅館》，你一定會感覺自己沉浸在滿滿的幸福微光裡，流連忘返。

目次

獻給維琪
　　　　——凱莉‧喬治

獻給特瑞莎與蘇菲亞
　　　　——史蒂芬妮‧葛瑞金

Heartwood Hotel

樹旅館

最棒的禮物

角色簡介

賀伍德先生 旅館老闆

溫文儒雅的獾。他為了讓所有動物有個安全的地方可以休息，因此開設了樹旅館。「我們堅持『保護與尊重，絕不以爪牙相向』。」這是樹旅館的服務精神。

莫娜 服務生

熱血小老鼠。莫娜是樹旅館最資淺的員工，雖然她是個子最小的一個，但是全心全意盡最大的努力，為所有顧客服務與著想。

提莉與亨利 服務生領班與她的弟弟

紅毛松鼠姊弟。提莉在樹旅館擔任服務生，是莫娜的好朋友。在一場意外的追逐中，與失散已久的弟弟亨利重逢。

刺刺女士 廚師

樹旅館的豪豬廚師。廚藝高超的刺刺女士總是替顧客準備好吃的食物，就算儲備的糧食不足時，她仍然有信心可以端出好吃的神祕佳餚。

希金斯太太 旅館管家

刺蝟希金斯太太是旅館的管家，每到冬天就準備進入冬眠，手上的工作則由其他旅館員工共同分攤。

榛樹林女公爵

出身皇室的貴族兔子。入住樹旅館之後，提出了許多令員工難以忍受的要求；對於旅館的活動雖有諸多不滿，卻不錯過任何參與的機會。

法蘭西斯

因為肚子太餓而吃掉樹旅館門上裝飾花環的小鹿，這是他第一個獨自度過的冬天。他負責拉榛樹林女公爵的雪橇，送她到樹旅館。

點點先生、點點太太、點點小妹

來到樹旅館冬眠的瓢蟲一家，有夢遊的習慣。

螞蟻木匠工班

負責打造專供昆蟲入住套房的木匠大軍，喜歡展現超強臂力，也經常在地上發現美味的食物碎屑。

小帽

瘦骨如柴的田鼠，他替森林大火中失去父母的動物孤兒，找到了落腳之處——「小帽的孤兒之家」。

在樹旅館冬眠

樹旅館外，雪輕輕下著，慢吞吞的落到地上，一副睏極了的樣子。小老鼠莫娜倚著手上的蒲公英掃帚，在宴會廳的一扇小窗前看著窗外。旅館周圍好安靜，安靜到幾乎聽得到雪花落地的聲音。

神聖睡眠節的晚宴終於結束了。大家吃了東西、唱了歌，賀伍德先生還發了禮物，每位住客都得到一個香氛小枕頭，裡面裝滿各種香草和薰衣草，希望冬眠

的住客能安穩的睡到春天。

土撥鼠、一群蟾蜍、烏龜、瓢蟲，還有數量多到算不清的花栗鼠，現在大夥兒都上床睡覺了，就連希金斯夫婦都在冬眠，因為他們是需要冬眠的刺蝟。希金斯先生是旅館園丁，希金斯太太是旅館管家。這個時候旅館比較不缺人手，因為只有少數不需要冬眠的賓客預約住宿。冬天時，蕨森林的動物，不論需不需要冬眠，幾乎都會待在自己家裡。

樹旅館現在是莫娜的家了。她好愛這裡，從大門上刻的那顆心、觀星陽臺，到她所有的朋友，像是服務生領班——紅毛松鼠提莉，還有旅館的客座歌手——燕子西布莉。

雖然提莉說冬天總是無聊透頂，不過莫娜一點也不在意。從她渾身濕透又害怕的來到這裡的秋天算起，她在樹旅館擔任服務生也不過才幾個月，卻已經替旅館解除過狼群侵擾的警報，也很值得驕傲的為旅館在《松果日報》上贏得最好的評價。這個冬天，如果可以悠哉的

在火爐邊烤著橡實休息，就更好了。

莫娜此刻就聞得到，烤橡實的香味從樓下的廚房飄了上來。稍後，旅館的員工也會有小型聚餐，莫娜簡直迫不及待了。

她的肚子餓得咕嚕咕嚕叫，可是她還是把注意力拉回手邊的工作，用掃帚清掃了地板，把送禮物活動剩下的一些麻繩收進桶子裡。莫娜需要把還能重複使用的麻繩收進儲藏室，但是桶子已經太滿了，莫娜自己一個抬不動，她得拜託提莉幫忙才行。

莫娜正準備離開宴會廳去找提莉時，聽到走廊傳來一個聲音。

「噢，影子，你說什麼？敬你？好呀，那當然囉！我敬你！」聲音停頓了一下。接著，是開心的呼了一口氣的聲音。

莫娜認得這個聲音，是土撥鼠吉布森先生，他現在應該在床上睡覺啊！

莫娜發現吉布森先生就在宴會廳外面，他正盯著牆

上自己的影子。

「吉布森先生，我能為您效勞嗎？」莫娜問。

「噢，派對結束了嗎？」土撥鼠轉過身來。他一手握著一個小小的香氛枕頭，一手舉著杯子，鼻子上沾滿了亮晶晶、黏答答的蜂蜜。

「是的，」莫娜說，「已經結束有一會兒了。要是您還覺得肚子餓，我可以替您找點東西吃。」莫娜知道，這些準備冬眠的住客有沒有吃飽很重要。

「你真好心。樹旅館的員工總是這麼貼心，你們甚至還準備了禮物。」他晃了晃手上的香氛枕頭。「可是不必了，我很飽，」他拍拍肚子說，「就連我的影子也很飽。」他咯咯笑，又打了一個很大的呵欠。莫娜還沒意會過來時，吉布森先生就已經當場睡著了！

莫娜微微笑，接著先把掃帚靠在牆上。「來吧，」她輕輕的叫醒吉布森先生，「請到床上去睡吧。」

「啊，你真好心，真好心。」吉布森先生說。

土撥鼠睡眼惺忪、緩緩跟在莫娜身後走。他們經過

走廊，穿過大廳，走到樓梯旁。土撥鼠繼續自言自語的說：「啊，影子，你也來唷，床夠我們兩個睡。」

他的影子……還有莫娜的影子，在他們走下樓梯時，也隨著螢火蟲壁燈的光，映射在牆面，上上又下下。

莫娜和吉布森先生往下、往下、再往下走，經過廚房、洗衣房、員工的臥室，到達深入地底的套房，套房就建在整座樹旅館的眾多樹根之間。

這裡的走道比較陰暗，四周都是泥土，非常涼爽，特殊的排氣口能將空氣從室外送進來，讓房間維持舒適的溫度。房間如果太冷，住客會睡不著；房間如果太熱，住客會誤以為春天到了而提早醒來。

聽起來，大夥兒都睡著了，各式各樣的打呼聲，從微小的吱喳聲到大如雷的轟隆聲，在走廊此起彼落的迴盪著。莫娜帶領著吉布森先生進入走廊，經過儲藏室，經過大大小小緊閉的房門，每個門把上都掛著客房吊牌，上面寫著：**「在春天的露水降臨前，請勿打擾。」**

只有吉布森先生的客房吊牌不一樣，是翻到反面的，上面寫著：「**我還醒著，請打掃房間。**」

　　莫娜帶領吉布森先生走進房裡。

　　燈籠柔和的光線照亮了房間，房裡沒有什麼裝飾，只有牆上的幾幅畫，畫的是正在睡覺的動物。就跟所有冬眠套房一樣，床鋪占據房裡大部分的空間。這間房間是特別為土撥鼠準備的，充滿甜甜的乾草味。

　　「謝謝你。」吉布森先生說，他又打了一個呵欠，同時解開了領帶。他躺上床，好像立刻就睡著了。

　　「請別客氣。」莫娜輕聲說。「吉布森先生，冬眠快樂，好好休息。」

　　莫娜提起燈籠準備離開，吉布森先生卻突然「蹬」的一下，直直坐起來。

　　「**影子！**」他大喊。

　　莫娜嚇得跳起來。

　　吉布森先生豎起耳朵，眼睛睜得大大的。

　　「吉布森先生，您怎麼了？」

可是吉布森先生好像沒有聽見莫娜的聲音。「影子！」他又大喊一聲，他的手掌還在空中晃了晃。雖然周圍看不見任何影子，可是吉布森先生還是繼續喊著：「影子，噢，影子，這真是壞兆頭，這樣真是糟糕，太糟糕了……」

　　「您是什麼意思呀？什麼東西很糟糕，吉布森先生？」莫娜試圖保持聲音的平穩，可是她其實緊張得心怦怦跳。

　　「危險！」吉布森先生喊道，不過莫娜沒辦法分辨他是在回答，還是繼續跟自己看不見的影子說話。「危險來了，」吉布森先生繼續說，「它從外面出現，悄悄潛入屋裡。」

　　「您是什麼意思？」莫娜又問了一遍，她的心跳得比剛才更快了。

　　可是，吉布森先生沒有回答。

　　過了很久，他又躺回床上。「影子、影子、影子。」他喃喃自語著，聲音也沒剛才那麼驚恐了。他打

了一個超大的呵欠，蓋好毯子，閉上眼睛，開始打呼。

　　莫娜躡手躡腳走出房間，尾巴忍不住直發抖。她輕輕帶上房門，把客房吊牌翻了面。吉布森先生的客房吊牌跟大家都不一樣，上面寫著：「**如果看到影子，請提早喚醒我。**」

　　莫娜回到走廊，深呼吸了一下。也許她反應過度了，這裡當然不會有什麼危險嘛。「睡得安穩，吃得開懷，開心享受在樹旅館的時光。」可是旅館眾多格言之一呢。

　　即便如此，莫娜還是打算趕緊告訴賀伍德先生，有關土撥鼠嚴肅又奇特的預言。

神聖睡眠節晚宴

員工的晚餐時間到了，所以莫娜趕往廚房，希望能找到賀伍德先生，轉達土撥鼠的警告。

可是，當莫娜走進廚房時，什麼土撥鼠、什麼預言的，全都被她拋在腦後。她曉得會有特別的晚餐，可是她完全沒料到廚房會布置得這麼隆重，幾乎跟樓上的餐廳一樣別緻！

在桶子與花盆之間，從天花板往下垂的樹根上，吊掛著鮮豔的紅色冬青漿果和雪片般的蜘蛛網，嵌在土牆

裡的櫥櫃周圍，也裝飾著濃濃節慶氣氛的莓果。牆上掛著一幅很大的月曆，上面標註著距離春天的露水降臨還有多少天，月曆最後一格，畫了一朵春天的花。雖然廚房裡滿是食物的香味，桌上卻沒放任何大盤子，反而堆滿了一盒盒用棕色的紙包裝，綁上亮色麻繩的禮物，就連貝殼水槽裡，也堆滿禮物！

所有員工都圍著桌子坐：豪豬廚師刺刺女士、負責接待櫃檯的蜥蜴吉爾斯、洗衣房的兔子瑪姬和莫瑞斯，當然還有提莉和西布莉，以及站在餐桌主位的旅館老闆，也就是賀伍德先生，他是一隻體型壯碩的獾。賀伍德先生通常都打著領結，脖子上掛著一串鑰匙，可是今晚他穿得很不一樣。

「噢，莫娜，你來啦！」提莉說。「坐這裡！賀伍德先生穿這樣很好看吧？」

「他為什麼穿睡衣？」莫娜輕聲問，在提莉身旁坐了下來。

「那不是睡衣啦。」提莉大笑。「賀伍德先生打扮

成神聖睡眠呀，你知道吧！」

莫娜搖搖頭。「我不曉得神聖睡眠真的存在耶，我還以為那只是為冬眠住客所準備的晚宴名稱而已。」

「什麼，不會吧，」提莉很驚訝的說，「你爸爸、媽媽一定有跟你說過神聖睡……」她話說到一半就停下來。莫娜的爸爸、媽媽在暴風雨中喪生，當時莫娜還只

是小寶寶而已。自從有記憶以來，莫娜就獨自在蕨森林裡生活，直到她發現樹旅館為止。提莉自己也失去了家人，只是她比莫娜晚失去家人……並不是暴風雨奪走了提莉的家人，而是土狼──總之，提莉和莫娜同樣只剩下自己一個了。

「噢，真對不起。」提莉說，她緊緊握了一下莫娜的手。「嗯，神聖睡眠是……」她話說到一半又停了下來。「事實上，誰都不確定他到底是什麼動物。賀伍德先生說是獾，不過其實我很肯定是紅毛松鼠，因為我媽媽是這麼跟我說的。」

「他做了什麼？」莫娜問。

「據說，他送了禮物給所有動物，比方能保暖的厚厚毛皮，可以裝很多食物的大肚子，靈敏的鼻子可以幫我們嗅到藏在冰雪底下的食物。你知道的……就是所有能幫助我們熬過冬季的必要條件。所以在樹旅館，我們一直有這樣的傳統：舉辦員工晚宴來慶祝神聖睡眠節。」

「那食物在哪裡？」

「先發禮物再吃東西。」提莉說。

「禮物？」莫娜問。

「這些當然都是禮物。」提莉回答。「你難道不知道，我**整個星期**都在講的就是這件事呀！」

「我還以為你是在說香氛枕頭。」莫娜說。

「那些幫住客製作的禮物？噢，當然不是。」提莉說。「**這些禮物**才是讓我們很興奮的原因啊！」提莉拿起她面前那堆禮物的其中一個，好奇的搖了搖。不過，她沒能繼續解釋下去，因為這時候賀伍德先生清了清喉嚨，大家全跟著安靜了下來。

「神聖睡眠選擇了最好的方式，以平靜和休憩，開啟大家對這個季節的盼望。我們透過

送禮物來表達對彼此的關心，也讓自己能一直保持愉悅的心，直到天氣變晴。」賀伍德先生說話向來喜歡押韻，莫娜已經慢慢習慣了。他展開雙臂，興奮的宣布：「現在，開始吧！」

提莉毫不猶豫、迫不及待就拆開自己手中的禮物。「噢，是我的最愛！烤橡實蛋糕欸！謝謝您，刺刺女士！」她對桌子對面的豪豬喊道。

「不客氣唷，小甜心。」刺刺女士回應著。她也正在拆禮物，用一根豪豬刺拆開綁住盒子的麻繩。莫娜望著提莉，提莉從盒子裡拉出一根用莢果雕刻成的湯匙。「賀伍德先生，這太可愛啦！」提莉驚呼。

整桌的動物都面帶笑容的拆著禮物。西布莉正在感謝瑪姬和莫瑞斯送她空白樹皮。兔子說：「你可以用來寫歌。」吉爾斯正在試吃用葉子裹住的綜合彩色莓果。「這種熱帶配方是一位住客教我的，我還稍微調整了一下食材。」刺刺女士告訴吉爾斯。「先別吃太多，待會兒還有大餐耶。」

大家看起來都好開心。

「你不打算拆你的禮物嗎？」提莉問莫娜。

「我也有禮物？」

提莉指著莫娜面前那堆包裝過的盒子，說：「這些就是給你的呀。」

莫娜簡直不敢相信！她從來沒收過禮物，她唯一得到過的禮物，就是賀伍德先生給她的客房萬能鑰匙。雖然那稱不上是真的禮物，而是她掙來的，但是現在，她真的有一堆禮物了！

「來嘛，先拆這個！」提莉遞給她一個用棕色的紙包裝，綁著麻繩的小盒子。「我等不及想讓你看看裡面的東西了！」

盒子上的樹皮標籤寫著**提莉與希金斯太太**。莫娜慢慢解開麻繩，拆掉包裝紙，盒子裡是一件圍裙，圍裙前面的口袋繡了一顆小小的、斜向一側的心。

「我覺得你也應該有一件合身的圍裙了。」提莉說。這是真的，莫娜現在穿的圍裙是為松鼠、而不是為

老鼠設計的尺寸，莫娜常常因為踩到圍裙跌倒。

「圍裙是希金斯太太做的，不過那顆心是我繡上去的。」提莉自豪的把話說完。

「這真是……這真是……」這件禮物很完美，不管是斜向一側的心或是其他的部分，莫娜不知道說什麼才好。

「我**就知道**你一定會喜歡。」提莉咧嘴笑了。

莫娜準備穿上圍裙，可是提莉說：「不要啦，不要啦，待會兒再試穿嘛。在吃晚餐之前，你最好繼續拆禮物，我也要繼續拆我的！」

於是，莫娜照做了。刺刺女士送她藍莓醬起司奶酥，西布莉送她一塊捲起來的樹皮，上面寫著：

樹旅館，樹旅館，
長著羽毛的朋友和長著毛皮的朋友，
在這裡都能住得安心……

是西布莉寫的那首歌的歌詞。在西布莉和莫娜第一次像朋友般交談的時候，西布莉曾唱給她聽。

就連吉爾斯都送了莫娜禮物——他幫莫娜訂了一份《松果日報》。「這樣你就不必偷看旅館的報紙了，那是專門提供給住客看的。」吉爾斯解釋。不過，莫娜很確定，吉爾斯的眼睛散發出一抹光芒。

莫娜終於拆完禮物堆中最後一件禮物時，賀伍德先生走了過來，在莫娜面前放了一件超大的禮物。這件禮物太大了，所以沒有包起來。

那是一個核果做成的行李箱，就跟秋天時，莫娜為了逃離狼群，結果掉在路上的那個行李箱一樣。只是莫娜之前掉的行李箱是屬於她父母的，她的爸爸在行李箱上雕刻了一顆心。眼前這個行李箱，扣鎖是心形的！

「這個行李箱沒辦法取代你失去的那個，」賀伍德先生說，「也不是要讓你提著它到處去流浪，而是讓你放你的東西，因為現在樹旅館已經是你的家了。」

莫娜倒吸了一口氣。這個行李箱很漂亮，不僅手工

完美，味道也很好聞，有一股濃郁又甜蜜的核果味。

「噢，**天啊**，謝謝您！」莫娜說。口頭致謝實在不足以表達她的感動，可是她沒有任何東西可以回報，她沒有準備東西送大家。

不過，賀伍德先生只是揮一揮手，表示這沒什麼。

「禮物拆完了，現在請回到座位，我們終於可以吃東西了！」

雖然莫娜試著好好享用特別的神聖睡眠節晚餐，她的思緒還是不斷繞回禮物的事情上。她從來不曾擁有過這麼多美麗的東西。要是她之前就知道有互贈禮物的活動，她一定會為大家都準備一份禮物，希望大家知道她真的是這麼想。

等她回到提莉和她的房間時，除了圍裙之外，莫娜把每件禮物小心放進新的行李箱。她反覆的擺弄著她的新圍裙，把綁帶打結又解開，試著綁成不同樣式的蝴蝶結。

「以前我弟弟就跟你一樣，只是他玩的不是禮物，而是用來包裝的那些東西。他當時真的好小，我真希望……」提莉小小傷感了一會兒。

莫娜不知道該說什麼來安慰提莉，她只是把圍裙掛在椅背，打算明天就要穿。

提莉吃了一大口的橡實蛋糕，然後問莫娜：「你喜歡你的禮物嗎？」

「何止喜歡？我愛死這些禮物了！」莫娜說。「可是……」

「可是什麼？」

「我沒幫刺刺女士、西布莉或賀伍德先生準備禮物！我也沒幫你準備禮物……我不曉得……」

「我還以為你知道關於神聖睡眠的事，不然我就會提前告訴你。」提莉說。「這不是什麼硬性規定啦，只是大家**都會交換禮物**。」

莫娜聽了之後，心變得更沉重了。「**每次都會？**」

提莉聳聳肩。「你又不曉得，**真的沒關係啦！**」

直到準備睡覺時，莫娜還是很煩惱。就算提莉不介意，其他同事也不介意嗎？

　　我得幫大家準備禮物才行。莫娜暗自決定。可是該準備什麼呢？她不像西布莉是個歌手，也不像刺刺女士是位廚師，莫娜也沒有固定的工作夥伴，像提莉和希金斯太太一樣。不過，她很有想法，總會想出什麼辦法的。

　　在這個念頭的安慰下，莫娜終於睡著了。她夢見一隻穿著睡衣，戴著睡帽的老鼠，提著一個刻有愛心的核果行李箱，箱子裡裝滿了禮物。

兔子女公爵

到了早晨，外面還在下雪，甚至下得更大了，莫娜想起吉布森先生的警告。

莫娜在早餐時把這件事告訴賀伍德先生，可是他只是大笑。「我祖母總是這樣說，『土撥鼠很陰沉，半個腦袋藏在霧裡，他們雖然會預言，卻不是箴言。』所以不要聽信土撥鼠所有的警告。」賀伍德先生說：「而且呀，我們有足夠的存糧，這才是能快樂過冬最重要的事。」

「起司存貨不足。」刺刺女士說。她正在用新湯勺

攪拌爐上那鍋湯。「儲藏室裡都沒了，我們昨天晚上吃掉的起司肯定比我預期的還要多。」

「我會跟『松鼠快遞』訂貨。」吉爾斯說。現在希金斯太太在冬眠，除了平時櫃檯的工作之外，吉爾斯接手了絕大部分管家的工作。「等冬眠的住客和同事醒來之後，我們還需要更多起司。」

「松鼠快遞？」莫娜悄聲詢問提莉。

「是整座蕨森林最大的倉儲與快遞公司。」提莉解釋。

吉爾斯繼續說：「就算訂房的新住客不多，我們還是必須維持應有的服務水準。當然啦，螞蟻木匠工班就快到了，約好是今天要來的，他們要開始打造新的昆蟲套房。」

「是的，冬季就是要做這些準備！所有的住客都在睡覺打呼時，我們則好好充電與翻新環境。」賀伍德先生說。「說到打呼呀，我今天也準備小睡片刻。」賀伍德先生會這樣說並不奇怪，畢竟他是獾耶。雖然獾不是

真的需要冬眠的動物，到了冬季還是會特別想睡。「不管遇到什麼事，我相信你們一定都有辦法處理好。」

莫娜也這麼想。畢竟提莉說過——冬天根本沒有什麼刺激的事情。

那天早上的確沒什麼不尋常的事。吉爾斯甚至還有時間把《松果日報》上刊登的旅館好評裱框掛在牆上，然後仔細的擦拭了三次！不久就到了下午，所有房間都打掃完畢，莫娜也剛剛清除陽臺上的雪。她有點冷，所以暫時休息片刻，到大廳的火爐邊暖暖身子，烤乾被雪花弄濕的新圍裙。

她的圍裙真的超完美，不但很合身，圍裙上的心，跟樹旅館門上的心，看起來一模一樣。她也要幫提莉準備同樣很棒的禮物，其他同事也是。她正在想著這件事情時，前門開了。

颼！一陣風雪颳了進來，還有一隻兔子！看起來就像雪花一樣純白鬆軟的兔子，脖子上一絲不苟的圍著

亮面的絲巾。她戴著手套的手握著手杖，輕敲著青苔地毯。她環視著旅館大廳，輕蔑的說：「哼，**這兒**就是樹旅館啊。」

她又掃了四周一眼。「我就知道我一定會失望，我早就不該繼續看《松果日報》，每次都**言過其實**。」她又用手杖敲了敲地毯。

「這裡**確實是**樹旅館。」莫娜尖著嗓子說。她跳了起來，拉了拉圍裙，趕緊上前招呼。

「服務生沒認真工作，卻坐在火爐邊烤火？天呀，真是的。」兔子嘖嘖的說。「在我的領地，絕不可能容忍這種事情發生。」

莫娜臉紅了。「我能為您效勞嗎，女士……？」

「我不是女士，也不是太太或小姐，是**女公爵**，榛樹林女公爵。」她停頓了一下。「你肯定知道我是誰吧？」

「事實上，不，我……」莫娜說。

女公爵又哼了一聲。「真是的，現在的老鼠到底是

怎麼教育自己的下一代的啊？」

　　莫娜都還來不及解釋自己的情況時，女公爵又開口打斷她的話。「無須多言，我來自皇室兔子家族。我正在趕往一場重要會議的路上，可是雪下得太大了，我沒辦法在戶外待太久，否則我會重感冒，畢竟我的舊外套已經不如以往那般厚實保暖了。」

　　「您看起來沒那麼老。」莫娜說。只是話一說出口，她就後悔了。

　　「你在奉承我。」女公爵又哼了一聲。「我是**真的**很老了。我也希望這裡**真的**是五顆橡實等級的旅館。」

　　「是真的。」莫娜向賓客保證。不過，她感覺自己快要沒辦法應對了。

　　「那就好。我要訂一間最豪華的房間，直到大雪停了為止。希望雪趕快停，否則我的朋友們一定會無比失望，因為我遲到了。」

　　「我們最棒的房間是頂樓套房。」莫娜說。

　　「那就馬上幫我訂一間房。」女公爵一面下令，一

面又不耐煩的用手杖敲著地毯。

這下子，換莫娜猶豫了，因為上一次她獨自幫賓客訂房就遇上了麻煩。「我去請吉爾斯過來……」

莫娜話還沒說完，女公爵就尖聲說著：「**我真不敢相信！**」兔子尖銳的聲音上揚，莫娜覺得她對旅館的安排一定不會滿意。

「**小聲點！**」一個聲音從她們背後傳出。

原來是吉爾斯從辦公室出來了，莫娜鬆了一口氣。「賀伍德先生要睡覺耶。」吉爾斯說。

一看見兔子，吉爾斯立刻停下腳步。他換上鎮定的神情，調整好領結，大步走上前。「榛樹林女公爵，」吉爾斯鞠了個躬，「最尊貴的皇室兔子成員，能為您效勞是我們的榮幸……」

「嗯，好。」女公爵又哼了一聲。「我要立刻訂下頂樓。」

「好的，沒問題。」吉爾斯說。「敬愛的女公爵，需要我們特別準備什麼，好讓您在住宿期間更為舒適？」

「只有幾件小事。」女公爵說。莫娜仔細的聽著。「我的雪橇在外面，上面有我的行李，我要你們把行李收拾好。我對普通的草過敏，所以請確認我的床鋪的是羽毛或進口草，還要記得幫我放好洗澡水。」

「沒問題。」吉爾斯又向女公爵確認了一次。

莫娜心想，榛樹林女公爵肯定交代完畢了，沒想到女公爵繼續說：「我要你們幫我準備茶和橡實烤餅。記住，烤餅千萬不要加果凍或蜂蜜！我還要三種湯品：蘑菇湯、胡椒粒湯，還有胡蘿蔔湯。我不確定我想喝哪一種。」

「沒問題，我們的廚師刺刺女士很擅長煮湯。」吉爾斯說。「在我們為您準備房間時，您不妨先在火爐邊暖暖身子。」

「非常好。」女公爵說。然後她加了一句：「噢，最後一件事就是，我的腳掌非常敏感，務必要幫我鋪上地毯。事實上，我喜歡這張地毯。」她用手杖敲敲大廳的地毯。

「這個……」吉爾斯首度遲疑了，莫娜看得出為什麼。

這張美麗薄荷綠色的地毯是由樹木青苔製成，是大廳很重要的一部分。因為一踏進樹旅館，賓客看見的第一件東西就是這張地毯。

「這想必不成問題吧？」女公爵說。「怎麼了？不過是一張地毯而已，也沒有比我洞穴裡的地毯好啊。」

「您說得是。」吉爾斯很快的回應。「我只需要叫醒賀伍德先生，問他就……」

「問我什麼，吉爾斯？」賀伍德先生揉著眼睛，從辦公室走了出來。他鼻子一側的毛都睡扁了。

「我……是……」吉爾斯結結巴巴的說著。他用手指著女公爵的方向，而女公爵正大力的敲著手杖。

「啊，榛樹林女公爵，」賀伍德先生招呼客人，沒有吉爾斯那麼鄭重其事，他只是點點頭，露出微笑，「我們能為您做什麼呢？」

女公爵哼了一聲，好像等著誰來把事情說清楚，吉

爾斯迅速悄聲解釋道：「賀伍德先生，女公爵希望她房間能鋪上地毯，她想要大廳的那張地毯。」

「當然沒問題，謹遵指示。那麼親愛的女公爵，您何不在火爐邊稍事休息，我去幫您拿些熱蜂蜜。」

「哼，」女公爵抱怨的說，「也差不多該喝點東西了。記住，蜂蜜不要太燙！我的胃非常敏感。」

女公爵大步走到一張長椅旁坐了下來。吉爾斯衝向櫃檯填表單，賀伍德先生轉向莫娜。

「莫娜，交給你了，盡你所能的好好款待女公爵。」

「當然，賀伍德先生。」莫娜回答。原本打算平靜的度過一天，然後好好想怎麼準備禮物，沒想到旅館來了一位到目前為止，莫娜接待過最尊貴的住客。雖然這隻皇家兔子好像很難相處，但是她可是一位女公爵耶！莫娜還是覺得有點興奮。

起司奶酥

「是誰要吃烤餅？」莫娜傳達女公爵的要求時，刺刺女士問。「而且竟然還要三種湯！**三種**！今晚的餐點，我只了準備一種湯啊。那不就表示，另外兩鍋湯得浪費掉了！親愛的，你也知道，我怎麼可能只煮一碗份量的湯，湯一次就得煮一大鍋啊！」刺刺女士搖搖頭。她重重嘆了一口氣，往櫥櫃轉過身去，準備開始動手煮湯。

提莉的反應正好相反，她的尾巴活力十足的豎了起

來。「女公爵！一位**真正的**女公爵耶！真希望剛才我在大廳！我們得確定一切都很完美才行。莫娜，你來列清單好嗎？」

「我沒辦法耶，」莫娜說，「她突然就一直講，我根本沒時間記下來！」

提莉哼了一聲。「這樣的話，那就希望你把每一個要求都記住了。」

於是她們急急忙忙開始工作，從備品室拿了她們需要的所有東西之後就往樓上走。

樹旅館很大，**真的很大**，莫娜總算弄清楚了旅館裡的所有位置。一樓是大廳、宴會廳和餐廳，樓梯彎彎曲曲的沿著樹中心往上延伸。二樓是休閒區域，有遊戲室、美容沙龍和圖書室。至於其他樓層，全是為不同住客設計的房間：樹幹樓層是提供給體型比較大的動物，大樹枝樓層住的多半是松鼠和兔子，小樹枝樓層則是為鳥兒準備，樹頂是觀星陽臺及最昂貴的房型：蜜月套房和頂樓套房。

莫娜以前幫薩茲伯里夫婦準備過蜜月套房，這對臭鼬夫妻每年秋天都會來訪。她也幫朱妮柏訂過房，這隻六月鰓金龜是《松果日報》的旅館評論員，莫娜幫她訂了頂樓套房。那時候，莫娜負責滿足小金龜的特殊需求，像是額外準備枕頭與梯子等。不過，她並沒有獨自負責整間客房的準備工作。

這是莫娜第一次全權負責。

樹旅館每個房間都很豪華，就連莫娜與提莉共享的員工住房，都遠比莫娜之前住過的任何地方還要棒。不過，頂樓還真是富麗堂皇！

臥房幾乎與大廳一樣大，有一張很大的床，還有更衣室。浴室不僅有浴缸，還附有專屬的毛皮烘乾機。除了臥室和浴室以外，套房裡附有餐廳，裡面有餐桌

和吧檯，吧檯上裝有一個巨大的罐子，一旁的標誌寫著「**無限暢飲樹旅館提供的蜂蜜**」，客廳裡有樹枝編製的長椅、書架和火爐。

陽臺扶手的造型，就像一把綁在樹中間，繫著緞帶的樹葉。陽臺的另一邊有松鴉信差的棲木，旅館其他住客都無法享有專屬送信服務！

雖然莫娜很想繼續探究這間美麗的套房，但是她們還有工作得做。莫娜和提莉鋪好精緻的床單，放了洗澡水，也將火爐升好。提莉在準備食物時，莫娜則開始將女公爵的東西歸位。

女公爵帶了六個行李箱，吉爾斯通通送上樓了。莫娜這輩子沒看過像行李箱裡裝的這麼多衣服、首飾和軟樹皮製成的皮包。莫娜心想，**這樣的東西應該就是很棒**

的禮物吧。當然不是給賀伍德先生的，但提莉也許會很想要一個屬於自己的皮包。

提莉！莫娜抬頭向上看，發現提莉正對著她講話。

「抱歉，提莉，你剛才說什麼？」

提莉翻了個白眼。「你到底有沒有在聽我說話呀？我剛才問，就這些東西了嗎？女公爵還有需要其他什麼東西嗎？」

確實有！莫娜差點就忘記要把大廳的地毯拿來了。提莉把絲巾掛好，莫娜把地毯拖上樓，鋪在房間正中央。

所有事情總算都安排妥當。

「莫娜，你可以離開了，我來為女公爵介紹房間。」提莉說。「畢竟我在樹旅館工作比較久，接待這類貴客的經驗也比較豐富。」

莫娜一點也不介意，因為她很確定女公爵不喜歡她，不管多做什麼，應該都無法扭轉女公爵對她的第一印象。

樓下的廚房裡，刺刺女士幫莫娜留了一碗剩下的湯。洗衣房的兔子們也在，他們一邊喝湯，一邊七嘴八舌的閒聊。

「她擁有蕨森林最大的領地唷。」莫瑞斯說。

「我表姊曾為她工作過。」另一隻兔子瑪姬說。「她的宅邸有好幾百間房間，每間房都空著，可是女公爵要我表姊每天清理所有房間！」

「沒有任何隨從跟著她，倒是很奇怪，甚至沒人幫她拉雪橇！」莫瑞斯繼續說。「真是太神祕了！不過，我們哪有什麼身分去質疑女公爵的事呀？」

就在這時候，提莉衝進廚房，「碰」一聲坐在桌子上。

「管她是不是女公爵，我都**不會**再去她房間了。」提莉大喊。「她太荒謬了！我知道賀伍德先生不准我們對住客咆哮，可是有時候我真的覺得，我們**應該**有這種權利！」

「發生什麼事？」莫娜問。

「她不要湯，也不要起司烤餅，她要起司奶酥，而且還說立刻就要！」提莉的尾巴豎了起來。「她甚至威脅要寫信跟《松果日報》抗議！」

刺刺女士搖搖頭說：「噢，真糟糕，我已經沒有任何起司了。我知道吉爾斯跟『松鼠快遞』訂貨了，可是還要等好幾個星期貨才會送來。栗子奶酥也不錯……可是我也沒有栗子了。我也想不通，東西應該還剩很多才對啊。」說完，刺刺女士又搖了搖頭。

「反正我說了，我**不會**再上去了。莫娜，你去跟女公爵說。」提莉最後加了一句：「祝你好運！」然後又翻了個白眼。

莫娜才不需要好運。莫娜離開廚房時心想，**我需要的是奶酥**。

莫娜突然想起來，**她有起司奶酥呀！**是刺刺女士昨晚送給她的奶酥。她並不想把她拿到的禮物送給女公爵，可是她也不希望那隻皇家兔子寫信給《松果日報》。他們為了旅館的聲譽和五顆橡實的評價，花了這

麼多心血，怎麼可能讓女公爵毀掉這一切？

　　於是，莫娜急忙回房取出禮物盒。她經過大廳時，看見螞蟻木匠工班已經列隊抵達，他們帶了很多小小的鋸子和槌子。吉爾斯把他們聚集在桌子邊，討論施工計畫。很顯然的，螞蟻對於展示他們的力氣比較有興趣，不斷輪流把不同的扶手椅舉得高高的。

　　莫娜沒有逗留，她趕緊上樓，敲了敲房門。「進來。」莫娜聽見女公爵從房裡回應。

　　莫娜先撫平了圍裙，接著推開房門。

　　榛樹林女公爵正戴著眼罩，躺在床上。

　　「女公爵，我送您要的起司奶酥來了。」莫娜說。

　　「放在桌上。」兔子揮了一下手掌說。莫娜正準備要放下東西時，女公爵拿掉眼罩，坐了起來。「等一等，你們已經搞錯太多事情了。**我要檢查一下。**」

女公爵從床舖下來，帶著懷疑的神情，大步走了過來。她打開莫娜手裡的盒子，深吸一口氣，聞了一下。

　　「看吧，是起司奶酥，」莫娜說，「還加了藍莓醬。」

　　「看吧？」女公爵瞇起了眼睛。「你看看，我說的還真的沒錯！」她捏出塞在盒子角落的一張卡片問道：「這是什麼？」

　　「我……我不知道。」莫娜結結巴巴，因為她是真的不知道。

　　女公爵瞥向卡片，鼻子憤怒的抽動著。「卡片上寫的是『刺刺女士送給莫娜』。」女公爵眼裡一閃而過的光，幾乎就跟野狼眼中的光一樣可怕！

　　「天啊！」莫娜之前只有看了一眼盒子裡的東西，沒有發現還有卡片。

　　「你可別告訴我，這些起司奶酥本來是要給你的！」

　　莫娜緩緩的點了點頭。

「你該不會是希望我吃一個已經被當禮物送過的東西吧？」她喝斥道。「我真的……我真的受夠了！我要馬上寫信給《松果日報》！」女公爵戴著戒指的手大大的一揮，打到那盒起司奶酥，盒子從莫娜手裡飛了出去，翻倒在地板上──其實不是地板，是地毯，是翻倒在旅館大廳那張美麗的地毯上。

啪噠！

藍莓醬和起司撒得到處都是。

莫娜感覺到自己臉都紅了。那是**她的**禮物耶，她一開始也不想把自己的禮物送出去。她並不曉得送禮物有什麼規矩，原來送禮物比她想像得要複雜多了。

她實在忍不住了。「如果您一定要寫信，」莫娜說，「那您寫吧。我是真的很抱歉，我真的

不知道不能把禮物轉送出去。就因為您有很多禮物，不代表大家都有。我的爸爸、媽媽在我小時候就死了。在這之前，我從來沒收到過任何禮物。」

莫娜一說完，立刻倒抽了一口氣。她知道自己不該對住客回嘴，尤其是像女公爵這樣的貴客，這可是樹旅館最重要的規定之一。現在，女公爵肯定會寫抗議信了。

可是出乎莫娜意料的是，女公爵竟然沒有發飆。「哼，」女公爵開口說，「你知道的事情可真少。」然後，她重整儀態，揮了揮手說：「我現在要休息了，我很累。反正我也不餓，把那個拿走，這件事到此為止。」

於是，莫娜提起地毯的一角，把地毯拖出房外。對於女公爵不打算寫信去抗議，她總算能鬆一口氣。

可是樹旅館這張美麗的迎賓地毯，就這樣毀了。

莫娜知道藍莓污漬肯定去不掉，旅館大廳更不可能鋪著一張有污漬的地毯，現在也找不到其他東西可以替

代，沒有地毯供賓客踏乾腳，也不能代表旅館歡迎在寒冷天氣中遠道而來的動物。除非……

莫娜突然有了一個主意！

雪雕大賽

靈光一現的奇妙感覺，就像春天時第一朵從雪裡探出頭來的花。既然樹旅館的大廳需要地毯，莫娜可以動手織一張呀！

莫娜知道她爸爸的手很巧，就像他在旅館大門上刻了那顆小巧的心。她媽媽的手也很巧，她烤的種子蛋糕可以跟刺刺女士媲美。莫娜曾經住在潮濕的樹墩裡，那時候她自己織了一塊用來踩乾腳的小踏墊，不過沒有像地毯那麼大張。現在，她彷彿能預見那張地毯的形狀了：是心形的！她要用色彩繽紛的麻繩來編織地毯，而

這張明亮的地毯將會迎接所有到訪的旅館賓客。莫娜恰巧知道哪裡能找到她需要的麻繩，因為神聖睡眠節的送禮活動還剩下很多材料。她等不及想要立刻動工了。

不過，莫娜還是得等一等。

晚餐過後，提莉拿著一盤剩下的橡實舒芙蕾跟兩根叉子回房間。「我聽說地毯的事了。」提莉說。「女公爵真是的！這下子大廳沒地毯了，我們會有更多額外要做的事，得清理那些踩了雪的腳印。我看，我們要等到春天才會有新地毯了！」

會更早的！莫娜心想。她好想把自己的想法告訴提莉，但她忍住了。她知道禮物應該是個驚喜，所以她沒提到禮物的事，而是跟提莉分享了當天發生的大小事。她們整晚都聊著關

於女公爵的事，然後吃到肚子很撐為止。

提莉的這種性格特質真的很棒，她很容易發脾氣，但她同時也是位很棒的聽眾。

最後，當莫娜鑽進被窩休息時，她心想，明天再開始織地毯吧，明天會有很多時間。

可是她錯了，沒想到隔天她很忙，而且接下來的每一天都很忙。

雖然雪下個不停，但還是不斷有新的賓客抵達旅館。一開始是一群兔子，他們聽說女公爵住在樹旅館，所以他們也決定入住。接著，來了一個「鳥團」，不是一群鳥，而是一個「鳥樂團」，團名叫做**鴿子聲調**。他們大老遠從都市飛來森林裡過冬。一眨眼，露水降臨的倒數月曆上，時間又過了一個星期。

「我們得辦一場特別活動——雪雕大賽，」賀伍德先生在某次午餐時說，「既能提振大夥兒的精神，又不會太吵。」

「您擔心吵醒冬眠的住客嗎？」莫娜問。

賀伍德先生搖搖頭。「那倒不是。冬眠套房在很深的底層，會讓住客醒過來的主要關鍵是溫度，不是聲音，倒是我睡午覺也比較不會被打擾。」他先是嘆了一口氣，接著打了個呵欠。「晚間娛樂活動的聲音都會影響到我的睡眠。」他又打了一個呵欠。接著，刺刺女士突然把賀伍德先生叫過去，著急的跟賀伍德先生說悄悄話。

莫娜轉過頭對提莉說：「雪雕大賽！聽起來真好玩！」她邊說，邊在山毛櫸餅乾上塗奶油。

「哎呀，聽起來會有一大堆準備工作得做吧！」提莉回應。「我們從來沒有在冬天辦過這種活動，至少我印象中沒有。冬天總是太安靜了。」

莫娜倒是很喜歡這種準備工作。那天下午，她和提莉把自己裹得緊緊的才到庭院去。

秋天時，希金斯先生總是得跟落葉奮戰，他會把五顏六色的葉子掃成一堆一堆的。現在呢，整個院子看

起來雪白又平整，就像旅館的床單塞得緊緊的樣子。雪覆蓋住所有植物，只剩下寥寥幾株灌木植物露出頭來。此外，她們依稀看得見掛著燈籠、被黑莓藤蔓爬滿的高牆。

她們一起奮力將幾塊空地上的雪踩平，準備讓住客在那些區域堆雪。她們在每一區都擺了籃子，裡面放滿可以用來裝飾的漂亮玩意兒，包括冬青漿果、小樹枝、青苔、打磨過的核果殼，甚至還有光滑發亮的小圓石子。莫娜幫忙提莉在每一區之間鏟出一條路，準備了一堆雪讓住客使用。

最後，她們清掉旅館前結冰的池塘上面的雪，以備住客想溜冰。

「你溜過冰嗎？」提莉問。

莫娜正準備搖頭，可是她突然想起來，她和提莉曾經把抹布綁在腳底來清理宴會廳的地板。她對提莉提起那件事，問她說：「那樣算嗎？」

「差不多吧，」提莉說，「可是那比較像是滑過

來、滑過去，不算是真正的溜冰。溜冰需要很多練習唷，我小時候和家人一起在蕨森林的池塘溜過冰，如果你想看，我晚一點示範給你看。」

「好想看你示範唷。」莫娜說。

「太棒了，」提莉說，「我們也該找點樂子了。」

雪雕之夜很好玩。西布莉現場演唱，住客忙著創作造型雪雕：用冬青漿果當做眼睛，胡蘿蔔當做耳朵的雪兔；長著小小雪球尾巴的雪松鼠；就連鴿子也做出了美麗的雪鳥，他們堆出雪鳥的形狀，再用打磨過的小圓石子圍出鳥的輪廓。莫娜仔細欣賞了所有的作品，因為她負責端送熱騰騰的野山楂布丁和香料茶。

唯一沒有堆雪雕的住客就是女公爵。她獨自站在一旁，撐著一把亮晶晶、用來遮雪的傘，不斷抱怨和批評著每一件事，即使那隻巨大的雪兔顯然是向她致敬的作品。

「我不懂耶，如果她這麼討厭這一切，為什麼不乾

脆進屋裡去？」出現在莫娜身後的提莉念叨著。

　　莫娜也不懂。也許女公爵只是很固執，或者有什麼其他原因。莫娜還記得上回女公爵問她，到底對她了解多少。其實真的不多，也許女公爵有什麼祕密也說不定。

　　莫娜轉向提莉，對著她說話的時候，她注意到提莉手上提了一只裝滿糖霜樹皮的籃子。

　　「這些又是禮物嗎？」莫娜試著很鎮定的提問。

　　「對呀，」提莉說，「要給所有參加比賽的住客。賀伍德先生不喜歡排名次，他要我拿這些過來，應該就是準備要發送給大家。」

　　話一說完，提莉就趕緊提著東西去找賀伍德先生，他正在觀賞庭院另一頭的雪雕。

　　又有更多禮物！莫娜根本還沒開始製作她要送的禮物呢！她還是得先拿到麻繩才行，只是什麼時候去拿呢？她突然想到——現在不就最適合了！她獨自負責端送食物，而大家都在忙。野山楂布丁已經吃光了，住

客都急著想讓賀伍德先生看看自己堆的雪雕，現在完全沒有需要她的地方。再說，她本來就該把空盤子拿進屋裡。

於是，莫娜把空盤堆在托盤上後，快步回到室內，她滿腦子想的都是自己即將製作的禮物。

大廳裡空蕩蕩的，大家都在外面，只有少數幾位住客在火爐旁取暖。莫娜對他們友善的點點頭，就急忙下樓。廚房裡也很安靜，只有火爐上的一只鍋子正沸騰著。不過到處都亂七八糟，刺刺女士好像打開了每一扇櫥櫃，把所有東西都翻出來似的。**她一定是在找什麼吧**。莫娜心想。她稍微清理了一下，好騰出空位把盤子擺上桌。

她終於可以下樓了。雖然現在打呼的聲音比之前她聽到的更大聲，不過在冬眠客房的走廊上，她還是盡量躡手躡腳。她就快到目的地了。

第一個轉角附近就是儲藏室。在預備冬眠套房時，莫娜經過這裡很多次。不過，她從來沒有進去過。

她從牆上的掛鉤取下燈籠，溜進儲藏室。儲藏室沒有門，只在門框上掛了一片門簾。

跟樹旅館其他房間相比，儲藏室沒有什麼特別，碎石牆面光禿禿的，地板並不平整，天花板沒有任何裝飾，看得到盤根錯節的樹根上，掛著幾叢香料植物。

這裡只是一個普通的舊地洞，一排排的盒子、貨箱和袋子隨意擺放，上面貼著各式各樣的標籤，像是山毛櫸餅乾、乾蘑菇和橡實粉等等。房間很涼快，聞起來很香，充滿核果味和各種各樣的氣味。儲藏室裡放著幾把草坪躺椅，還有一堆枕頭，都是冬眠套房的備品。

莫娜發現麻繩就放在那堆枕頭旁邊，整整三大籃！

她正準備找個地方掛燈籠時，突然聽到一個聲音。

唰唰唰！是抓東西的聲音，還有黑暗中傳來了爪子動物的腳步聲！

莫娜僵住不動，屏住呼吸。誰會在漆黑的儲藏室裡？不可能是刺刺女士或賀伍德先生。莫娜豎起耳朵聽，可是聲音卻不見了。她舉起燈籠，盯著地下的食物

看，只有一堆一堆的種子和樹根，一袋一袋的藍莓乾和蘑菇，其他什麼也沒有。她沒看見動物竄過或匆忙逃過的動靜。

「你好？」莫娜喊著。

沒有回應。

「是誰在那裡？」她又喊了一次。

「莫娜？」

莫娜嚇得跳起來。她轉過身來，看見提莉站在走廊。

「你在這裡呀！」提莉說。「我一直到處找你耶，你在這裡做什麼？」

莫娜不確定該怎麼回答，她不想告訴提莉麻繩的事，至少現在還不行，她希望禮物是個驚喜。

幸好，提莉沒有繼續追問下去。「我還以為我們要一起溜冰耶。」

「噢！」莫娜說。「我忘記了，我在……」

提莉哼了一聲。

「現在也沒關係了啦。女公爵找你，她要一些蜂蜜蛋糕。本來是我要拿給她，可是你拿去會比較好。」

莫娜立刻點點頭。「我們可以晚一點再溜冰。」

「時間太晚了。」提莉說。她大步離開，口裡還念念有詞：「我猜，溜冰對你來說也沒**那麼**重要，對吧。」

莫娜感覺很糟，有那麼一瞬間，她真想衝過去告訴提莉，自己為什麼會在儲藏室。可是，她根本還沒開始製作禮物，告訴提莉會毀了她的禮物計畫。所以，她沒說什麼，而是轉身去找蜂蜜蛋糕。如果她動作快一點，應該還有時間拿麻繩。

她已經沒時間擔心在暗處的聲音是什麼了。再說，說不定一切都只是她的想像。

晨間的緊急會議

莫娜終於可以開始動工編織地毯了。她用小樹枝製作了編織器，每天早晨，趕在提莉醒來之前，就提早起床趕工。每天晚上，她都跟提莉說自己太累了，沒辦法聊天。等到確定提莉睡熟，開始打呼（提莉每天都會打呼），莫娜就把地毯拿出來繼續編織。上下上下，她不斷編織；打叉打叉，倒數月曆天天劃掉一格。

莫娜努力編織，希望在沒有被任何同事發現之前完成，因為她希望地毯是個驚喜。

一天早上，莫娜被大大的敲門聲嚇了一跳。提莉立

刻醒來，莫娜只好匆匆忙忙把正在編織的地毯塞進床底下。提莉揉揉眼睛問：「咦，那是什麼？莫娜，你在做什麼？」

「我……」

「莫娜和提莉！」吉爾斯的聲音從門外傳來，「賀伍德先生要大家在廚房開晨間會議。快點！趕快下來！」

提莉一臉狐疑的揚起眉毛，不過沒有繼續追問莫娜剛才在做什麼。她們倆各自穿好圍裙，趕往廚房時，莫娜才鬆了一口氣。

廚房裡，賀伍德先生站在餐桌的主位，剌剌女士站在他旁邊。剌剌女士不像平時那樣面帶笑容，而是皺著眉頭。桌上擺著一個盒子，盒子上的標籤寫著「**山毛櫸餅乾**」。

盒子是空的。

莫娜和提莉抬起眉毛，彼此交換了一個眼神，然後和陸陸續續到來的同事，一起在長椅上坐了下來。螞蟻

木匠工班、洗衣房的兔子兄妹，就連旅館的啄木鳥警衛湯尼，大夥兒都在廚房裡。

發生什麼事？莫娜納悶著。

大家都到了以後，賀伍德先生清了清喉嚨說：「謝謝大家過來開會，我通常不會這麼小題大作，可是因為一直下著大雪，還有為了我們的新住客，我不得不這樣做。」

賀伍德先生深呼吸一下，然後先看了桌上的餅乾盒一眼，才抬頭望著所有動物說道：「我們有一部分的食

物失蹤了。」

大家突然同時安靜下來，然後又全部同時開口講話。

「什麼食物？」瑪姬問。「不是胡蘿蔔吧！」

「哪裡的食物不見？」莫瑞斯也開口了。「廚房嗎？」

「是儲藏室。」刺刺女士說。「一開始只有起司，接著我發現栗子和蘑菇也不見了。昨天晚上，我發現這盒餅乾空了。原本少了些食物並不是很嚴重的問題，只是沒想到突然入住這麼多賓客，大雪又延誤了貨運行程⋯⋯」

「是小偷嗎？」啄木鳥湯尼喊著。「我一直監視著四周，可是下這麼大的雪，有時候我確實會看不太清楚⋯⋯」

「不會，絕不可能！」吉爾斯說。「這種事情不會在樹旅館發生，樹旅館**才沒有**小偷！」

「我是拿了一點點食物碎屑啦，」一隻螞蟻木工有

點不好意思的說，「是我昨天在地板上撿到的，我以為不會被發現，可是我不是從儲藏室拿的喔！」

「馬歇爾！你爸媽沒教你，不要吃掉在地上的食物嗎？」另一隻螞蟻說。

「一點點碎屑沒關係的，別擔心！」賀伍德先生說。「失蹤的食物數量比那個多非常多。我們從來沒規定不能多拿食物，以前也從來不需要訂這種規定！這麼說好了，我們的儲藏室根本連門都沒有啊。我相信這次的事件只是個誤會。你們有沒有誰吃了宵夜？或是吃了早午餐？」

大夥兒都沒有回應。

莫娜想起她在儲藏室聽見的聲音。可是，如果她提到這件事，又該怎麼解釋自己為什麼出現在那裡呢？提莉以為她是為了女公爵才到儲藏室去，可是事實並非如此。不過，她沒有偷拿食物，只拿了目前沒有用上的麻繩。再說，她根本什麼都沒看見。提莉靠了過來，一副有話要對莫娜說的樣子。這時候，賀伍德先生又開口

了。

「所以，一定是庫存紀錄出了差錯。」賀伍德先生說。「希金斯太太在睡覺，我們沒辦法確定之前和現在，儲藏室裡到底有哪些庫存的食物。」

「可是我**的確**有檢查希金斯太太的紀錄耶，」刺刺女士說，「然後……」

「親愛的刺刺女士，我知道，我明白。」賀伍德先生嘆了一口氣。這隻大獾突然看起來非常疲倦。莫娜才想起來，賀伍德先生其實跟希金斯太太一樣，應該要冬眠休息的。可是他現在看起來，好像已經好幾天沒睡了。「我只要求大家在正餐以外，不要再吃額外的點心了。」

提莉睜大了眼睛，因為她最愛吃點心了。「賀伍德先生，我們真的已經沒有存糧了嗎？」

賀伍德先生對大家露出寬慰的微笑。「也沒有那麼糟。只是在貨運的物資送達以前，我們必須節約一點。」他整理了一下脖子上掛的鑰匙，大家都習慣等著

賀伍德先生用一句押韻的話結束他的發言，不過這次他卻沒有這麼做。

那天早晨，廚房裡的氣氛就跟室外一樣，安靜又冷清。大家都沒有像往常那樣吃很多種子蛋糕，也沒有多喝茶，莫娜也一樣。

她也跟大家一樣，沒什麼胃口了。

小鹿法蘭西斯

我們不怕雪下得多大，

因為我們將前往歡樂的樹旅館。

在温暖的火爐旁，我們會好好休息，

吟唱我們的旋律……

迪米崔柔聲低唱，其他的樂團成員為他伴奏。一天深夜，「鴿子聲調」在宴會廳的舞臺上練習，莫娜在掃地，西布莉在一旁聆聽，她們倆都被這個城市樂團的表演吸引住了。莫娜覺得他們的歌確實很好聽，雖然歌詞

不太符合目前的真實情況。自從那天的晨間會議以後，大家的眼神充滿警戒，旅館裡不時可見各種動物在竊竊私語。

冬天又過了幾個星期，更多食物失蹤了，大家都為此很不開心。

瑪姬覺得是螞蟻偷吃的：「螞蟻吃很多欸！比你們以為的多很多。」莫瑞斯覺得是女公爵：「她單純是因為很壞心，所以這樣做！」

提莉擔心別人會覺得是她：「我真的吃很多嘛。」

可是莫娜注意到，有時候提莉會用懷疑的眼神看著她。提莉抓到莫娜兩次，都在做她沒辦法解釋的事情，因為只要莫娜解釋了，就等於透露自己的祕密。為什麼莫娜不乾脆告訴提莉，自己究竟在忙什麼？這麼執著真的很傻，可是為了某些原因，莫娜就是不想說——還不想說。其實祕密就是這樣，有時候你不曉得到底是你保有了祕密，還是你被祕密控制住了。

莫娜從宴會廳的窗戶望出去，窗外的一切幾乎快要

被雪遮蔽了。吉布森先生說得沒錯，**危險降臨**了——因大雪而出現的危險。僅有的一絲銀色月光從窗戶最上方透進來，看起來就像在厚厚的種子蛋糕上灑了一層起司。不過到目前為止，危險還沒有潛入屋裡。

還是說，其實已經危險進到屋內了呢？畢竟樹旅館內確實有小偷。如果這個小偷不是旅館的員工也不是住客，而是從外面溜進來的，那該怎麼辦？

正當莫娜這樣想的時候，一個影子遮住了月光，就那麼一秒，某個東西出現在窗外後隨即就不見了。

「你看見了嗎？」莫娜問西布莉。

可是西布莉並不在她身旁，而是在舞臺上跟迪米崔說話。

莫娜又看了窗外一眼。她心想，**也許是她看錯了吧，不過出去看一下也無妨**！

於是，莫娜迅速的走往走廊底的後門。前門和門前小徑上的雪都鏟得很乾淨，但是旅館的員工都放棄清理後門，所以從後門出去的通路完全被積雪堵住了，只在

牆邊留了一把小小的梯子。莫娜爬上梯子，從門旁的窗戶溜出去。

夜晚的旅館外面寒冷又安靜，只聽得見樹木被風吹得吱吱作響，還有莫娜的腳掌踩過雪地的沙沙聲。月亮熠熠，從樹旅館的窗戶透出的光，宛如星光閃閃。

往庭院走的路上，莫娜仔細查看，留神細聽。一切東西都被白雪覆蓋住了。

突然，她看見了一個很大的影子，莫娜被嚇了一大跳。原來只是兔子雪雕，而且有一半已經被風吹起的雪埋住了。

莫娜開始覺得自己很傻，又傻又冷。誰會冒著險在這種天氣裡長途跋涉到樹旅館，只為了偷一些起司和栗子，而不去偷女公爵那些真正有價值的財寶？根本沒道理嘛。

正當莫娜決定放棄，打算往回走的時候，她看見了腳印！不只一個腳印，而是一堆腳印！雖然剛剛飄下的雪又蓋住了腳印，沒

辦法很清楚的辨識，可是確實是腳印。

莫娜順著那些繞著樹的腳印走，她的心臟怦怦跳，直到她一頭撞上提莉！提莉穿著毛衣，扛著一把鏟子，耳朵上都是雪，好像已經在戶外待了很久。

「莫娜？你在這裡做什麼？別跟我說賀伍德先生也派你到外面來清理通風口喔？我告訴過他，我自己就可以完成的。」

「噢，」莫娜說，「不是啦，他沒有派我來。我……」

「他沒有？那你在這裡幹嘛？」

「我……我……」莫娜結結巴巴。

提莉抱怨說：「莫娜，我不喜歡這樣。你一直偷偷

摸摸的到底在做什麼？」

「我只是……我看見窗戶外好像有什麼東西，我以為……」

提莉瞇起眼睛。

「你看見的是**我**啦。」提莉說。「莫娜，你最近真的好怪！」

「可是你看，雪地裡有腳印，也許是小偷的！」

提莉翻了個白眼。「那些是**我的**腳印啦！來吧，我已經清理好通風口了，我快餓死了！你要不要跟我一塊去烤點堅果來吃？我以前常常幫我弟弟亨利烤堅果喔。他年紀太小了，沒辦法自己烤。」

莫娜最喜歡烤堅果吃了。可是，她卻搖搖頭，因為她需要時間編織地毯。

「隨便你。」提莉說。

等她們回到門邊，準備進門時，莫娜又看了雪地裡的腳印一眼。有些的確是提莉的腳印沒錯，可是有些看起來不像。是其他動物的腳印嗎？會是誰的呢？

在那一晚以後，莫娜自願接下清理通風口的任務。這項工作很辛苦，提莉巴不得不必做。不過這麼一來，莫娜就得全靠自己提防和留意所有可疑的狀況了。

有一天早上，莫娜看見了！她剛剛完成清理工作，全身都凍僵了。天色矇矓中，她看見樹旅館門前出現一個很大的身影，非常大！

莫娜害怕極了。是狼嗎？還是狐狸？她看不太清楚。不一會兒，她看見了。不是狼，也不是狐狸，那是一隻鹿！

鹿的確進不了樹旅館！他在這裡做什麼？

「您好？」莫娜大聲喊著。「您好！」

可是莫娜是那麼小的老鼠，離那隻鹿又有點遠，鹿根本聽不見她的聲音，她得靠近一點才行。

莫娜靠近時，才發現鹿其實也沒多大，而且她看見小鹿在做什麼了！鹿不是在敲門，也不是在門邊等待，他是在吃門！呃……應該是說在啃門上的花圈。

「嘿！」莫娜用最大的聲音喊著。「停下來！」

小鹿抽動了一下耳朵，轉向莫娜。小鹿有著大大的棕色眼睛，嘴裡原本塞滿綠綠的樹枝，因為嚇了一跳，所以掉了一些樹枝在地上。小鹿腳步不穩的往後退，鹿蹄在小徑上滑了一下。

「那個……」小鹿大聲說著，「我不是故意……我本來不打算吃的。我是說……它看起來好美，我只是想聞一聞味道而已，結果……」

「那是我們的花圈耶。」莫娜說。「你不能吃掉樹旅館的花圈呀！」

鹿點點頭。「我知道，我知道！我……只是……太餓了。」

「真是的！」莫娜說，她突然感覺很糟。事實上，那隻小鹿看起來真的很瘦，而且年紀很小。「你在這裡做什麼？你沒有地方可去嗎？」

小鹿搖搖頭。「我一歲了，這是我第一次自己過冬。」他說。「我沒事。我還有一份工作，我自己一個

把女公爵的雪橇拉到這裡唷。」

「原來女公爵是搭雪橇來這裡的呀。」莫娜說。

「沒錯，就是我拉的雪橇！我很厲害，雪橇上的東西都沒掉喔。女公爵說等到雪融化，我可以再拉雪橇載她回家。」

「回家？我以為她還要去參加會議呢。」

小鹿眨了眨眼。「也許吧，我的記憶力不是很好啦。爸爸、媽媽跟我說過可以到哪些地方找食物，可是我一個地方也不記得了。」他嘆了一口氣。「我想……我想我最好去……」他的聲音愈來愈小，好像不確定自己該到哪裡去似的。「除非，也許……你有需要拉載什麼東西嗎？我很厲害喔。」

「我們不需要拉載任何東西。」莫娜說。她看見了小鹿眼裡的失望。「不過……好吧，不如我問問看賀伍德先生，我們能幫你什麼。」

「真的嗎？」小鹿說。「你願意問看看嗎？」

「當然呀！」莫娜說。「在這裡等一下吧。你叫什

麼名字？」

小鹿面無表情，莫娜不曉得小鹿是不是連自己的名字也忘了。不過，沒一會兒，小鹿回答：「法蘭西斯！我叫法蘭西斯！」

「我叫莫娜。」莫娜說完，面帶微笑往旅館的前門方向走去。法蘭西斯讓她想起大熊昏昏。昏昏的記憶力也不好，只是小鹿比昏昏瘦小多了。當然，如果跟她或提莉比，小鹿就不算小。想到這裡，莫娜不禁從笑臉轉而皺了眉。

賀伍德先生聽了肯定不會開心，因為鹿的胃口可大了呢！不過，當莫娜準備踏進大門時，她又回頭看了一下瘦到皮包骨的法蘭西斯。莫娜很確定賀伍德先生看見小鹿餓到瘦成這樣，肯定也不會高興。

畢竟，還有誰比賀伍德先生心胸更寬大呢？

夢遊的點點家族

旅館的大廳很安靜，只有火爐的柴火燒得劈啪作響。大廳櫃檯的告示牌上寫著：**如需服務，請按此鈴。**櫃檯後面，賀伍德先生辦公室的門半掩，看得見房裡透出的燈光。

「賀伍德先生？」莫娜把房門推開了一點，輕聲詢問道。

賀伍德先生在裡面……可是他不是在工作，他睡著了，正在打呼。

獾大大的頭靠在木頭桌子上，一隻手掌壓在一封信

上，信的正面朝下，不過莫娜還是可以看見郵戳：**松鼠快遞。**

莫娜實在很好奇，她猶豫的向前跨了一步。

「啊，不要，不要！松鴉，別走啊，」賀伍德先生咕噥著，「你要跟我說的不會是這件事吧……他們怎麼可能弄丟……？」賀伍德先生哼了一聲，啪的一下拍在信上，莫娜嚇得退了一步。

莫娜正考慮要不要去叫吉爾斯時，賀伍德先生突然坐了起來。

「小老鼠莫娜小姐，旅館的服務生！」賀伍德先生說。「你這麼早過來有什麼事嗎？」

「噢，賀伍德先生，很抱歉打擾您。」莫娜說。「我可以馬上離開。」

「一點也不打擾。」賀伍德先生說。「在冬眠的季節要忍住不睡真的很困難，我本來期望有更多時間可

以睡午覺，可是，嗯……你也知道，實在住進了太多賓客。」他查了一下桌上的帳本。「二十四隻螞蟻、四隻鴿子，包括女公爵在內有七隻兔子，還好她沒帶任何隨從過來。」

「賀伍德先生，我就是為這件事來找您的。」莫娜解釋了法蘭西斯的事情。等她說完，賀伍德先生重重的嘆了一口氣。

「我可以請他離開，」莫娜說，「我沒答應他任何事，我不曉得該怎麼做才好。」

「不，不必，」賀伍德先生說，「他可以留下來。只是他的體型比較大，得在外面找個地方讓他休息。」

賀伍德先生又嘆了一口氣，然後抬頭望著牆壁掛鉤上的條紋帽，就是他在神聖睡眠節戴的那頂帽子。「神聖睡眠節的晚宴活動已經過了兩個月了耶。我可以再辦一次類似的慶祝活動，什麼都不用煩惱，不必知道……」

不必知道什麼呢？莫娜不確定。不過，舉辦派對聽

起來就很棒。她回應賀伍德先生的話說：「我也好期待喔！」她不禁微笑的想著，等她把地毯織好，送給賀伍德先生的時候，就很像小型的神聖睡眠節慶祝派對！莫娜很確定這個禮物一定會讓賀伍德先生開心起來。莫娜就快完工了。她真希望夜晚趕快來臨，等提莉睡著，她就可以盡快動手做。

　　可是提莉好像永遠不會想睡欵，她正在生法蘭西斯的氣。「莫娜，你沒開玩笑吧，又多一位住客！」提莉躺在床上哀嘆。「我真不敢相信，賀伍德先生竟然要我們餵他！」

　　「可是他真的很可愛耶。」莫娜說。

　　「你知道鹿有多會吃嗎？他一口就可以吞下五個種子蛋糕。」提莉嘆了一口氣。「還好我喜歡你……否則我就……」提莉自言自語的說。提莉總算不再翻來覆去，沒多久就開始打呼。

　　提莉一開始打呼，莫娜立刻輕手輕腳的起身。她跪

下來，從床底下拉出地毯。地毯愈織愈大張了，莫娜不得不把地毯對折，才塞得進床底下。陽光般金黃色的麻繩，是用搗碎的樹皮製成，出乎意料的柔軟。莫娜心想，也許這張地毯，會讓大家聯想到即將來臨的大好晴天。這張地毯讓她引以為傲。

莫娜又往床底下摸了摸，卻沒有摸到任何麻繩。麻繩又用完了嗎？她已經用掉好多了，包括所有送禮物活動剩下的麻繩，加上想辦法在花園小屋裡找到的麻繩，她甚至還從廚房搜刮了一些。她得再去儲藏室找找看才行，也許儲藏室後面還有一些之前沒發現的麻繩。如果她動作快一點，說不定今晚就可以完成地毯！

莫娜小心翼翼的把地毯摺好,再塞回床底下。她打開臥室的門時,門發出了吱吱聲,還好提莉沒有被聲音吵醒。莫娜把身後的門關上,輕柔的彷彿門悄聲嘆了一口氣。

現在大家都在自己的房間,連廚房都暗暗的,不過莫娜還是盡可能放輕手腳,以免吵醒其他動物。等她走到冬眠客房的大廳時(這一層的住客應該都在床上睡覺才對),莫娜發現居然有住客醒著。

事實上,有兩位住客醒著!

兩個小小的、身上有黑色點點的身影,在燈籠微光下,緩緩沿著走廊往前爬。

接著，莫娜又看見第三個身影。這位住客盯著牆上掛的燈籠看，他的觸角就像時鐘的指針，慢慢來回擺動。

「點點先生，是你嗎？」莫娜問。她認出了點點先生獨特的睡帽，就跟他的身體一樣是紅色，上面有黑色的點點圖案。

可是點點先生沒有回答，他只是迷迷糊糊的盯著莫娜看。原來他根本不是真的醒著，而是在夢遊。莫娜溫柔的將他跟另外兩位夢遊的住客，點點太太和他們的女兒小點點，一塊兒帶回房間。

還好其他瓢蟲都在專屬的套房裡熟睡，只是稍微在床上翻了身。幫三位住客重新蓋好毯子以後，莫娜輕聲的退出房間，納悶著是什麼吵醒了他們。

月曆上的冬眠時間，還有幾個星期才結束，也許會更久，因為外面還這麼冷。不過，旅館底層這邊是沒有那麼冷啦。事實上，這裡根本一點也不冷耶……

想到這裡，莫娜倒抽了一口氣。**通風口一定又被堵**

住了！雪下得這麼急……

不管麻繩了！莫娜趕緊往回走。經過儲藏室時，她感覺有一股冷空氣從門口襲來。

太奇怪了，如果有些通風口被堵住，難道不是所有通風口全都被堵住嗎？除非……除非她之前懷疑的事是真的（她之前還覺得自己的想法太傻了），有小偷從外面溜進旅館了！

就是那個有爪子的小偷，在深夜裡製造出「唰唰唰」的抓門聲，還在雪地留下腳印。

如果儲藏室的通風口被清過了，就只有兩種可能：小偷剛剛離開，或者現在還在儲藏室！

莫娜僵住了，恐懼的感覺從腳底直往頭頂竄。她該怎麼辦？如果小偷**還在裡面**，她有辦法抓住小偷嗎？她夠勇敢嗎？

她仔細聆聽，想聽看看小偷是不是還躲在儲藏室裡。突然，從她背後傳來一個聲音。

「莫娜，你在這裡做什麼？」

提莉出現在她身後。

「噓！」莫娜很快的說。

「發生什麼事？」

莫娜又對提莉噓了一聲。

「提莉，是小偷，」莫娜用氣
音說，「我覺得小偷在儲藏室裡⋯⋯」

提莉交叉雙臂。「說什麼鬼話。」

「是真的！」莫娜說。

「我才不信，我覺得你在騙我。」

「我沒有！」

「那你一開始在這底下做什麼？」

「我⋯⋯我現在沒辦法解釋這件事啦⋯⋯」莫娜結

結巴巴的說。「現在沒時間。」

可是提莉沒有停下來：「你最近根
本沒有任何時間可以陪我！我們沒去溜
冰，也沒一起烤橡實。莫娜，你到底
在忙什麼？」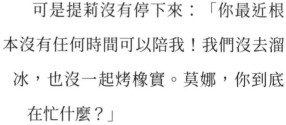

「什麼也沒有啊！」莫娜都能感覺自己臉紅了。「那個⋯⋯」

「那你就別告訴我吧，我還以為我們是朋友⋯⋯朋友之間無話不說。你一直鬼鬼祟祟，隱瞞各種祕密，我才不跟騙人鬼做朋友咧！」

「我才不是騙人鬼！」莫娜喊著。「我偷偷摸摸還不是因為你！」

「**因為我？**」提莉大喊。「**因為我**是什麼意思？你是說，我是小偷嗎？！」

「不是！我不是那個意思！我⋯⋯」可是現在，連莫娜也不確定自己要講什麼了。提莉還不是也一直神神祕祕的，而且她的確吃很多呀！莫娜又惱又氣，激動得連毛都豎起來了。

就在這時候⋯⋯

碰！

很大的聲響讓她們倆停了下來。

聲音是從儲藏室傳出來的！

儲藏室的影子

莫娜和提莉眼睛睜得很大，面面相覷，提莉的尾巴豎了起來。

「我**就**跟你說了。」莫娜低聲說。

「**噓**！」提莉說。

她們等著看看還有什麼動靜，可是聲音沒有再出現。於是，提莉匆匆忙忙溜到儲藏室，莫娜尾隨在後。她們拉開門簾，一進儲藏室，正好看見最靠近後門那兩排食物之間的身影。

「嘿！站住！」提莉大喊。

可是小偷沒有照做。莫娜看不出是男是女，也不知道是哪種動物的──他，轉身就跑，跳進牆裡。

喔，其實是跳進了通風口。

「喂，你別跑！」提莉喊著，她加速衝過走道，差點被一盒打翻的堅果絆倒，這顯然是剛才「碰」一聲掉下來的東西。莫娜跟在她後面追。

提莉鑽進通風管，莫娜也跟著進去。通道裡很暗又有霉味，提莉勉強擠了進去，跟在後頭的莫娜只看得見提莉尾巴的毛。儘管空間很小，提莉還是很快的向前進，一路努力往上擠。

被提莉的大尾巴遮住視線，莫娜看不見小偷的模樣。他是哪種動物？哪種動物會偷東西呢？肯定不是什麼好動物。她們真的該繼續追嗎？難道不用趕快通知賀伍德先生嗎？或者先求援？她應該叫提莉停下來，可是已經來不及了。

提莉已經爬出通風管口，跳上雪地，繼續追著那隻加速在白色雪海中穿梭的動物。

一陣寒氣迎面而來，莫娜冷得渾身發抖，可是她也跟著跳了出去，繼續往前衝。小偷在遠方，身影又大又黑，莫娜還是看不出他到底是什麼動物，到底是誰。

莫娜追著提莉和小偷，穿過庭院（不過如今這裡實在稱不上是「庭院」了，就連原本爬滿黑莓藤蔓的牆也都完全被雪覆蓋），經過法蘭西斯正在睡覺的樹叢（莫娜只看見了他的鼻子），跑進蕨森林。

雖然莫娜已經盡全力快跑，但畢竟她只是一隻小老鼠，於是她逐漸落後。**她會不會跟丟了啊？**

莫娜以前從來沒進到森林深處，她最遠也只到樹旅館而已。她完全不曉得自己會發現些什麼。

此刻，在銀色的月光下，她發現一個奇妙的世界——凍結的池水、巨大的樹木，還有被冰雪覆蓋的樹叢。還不只這樣——一個細小樹枝編織成的花圈，掛在樹叢上；被雪掩蓋的樹墩上，凸出一截煙囪；一根巨大的樹枝附近，一個門把從樹墩側邊凸了出來——種種跡象暗示著：還有其他動物躲在這裡。

　　小偷跳下雪堤，沿著凍結的小溪冰面逃跑，提莉緊追在後，莫娜卻愈來愈看不見他們的身影。

　　莫娜的腳掌打滑，走得很不穩，不過沒有跌倒。莫娜的心臟跳得超快！而當小動物心臟狂跳時，會突然具有特殊的平衡感和驚人的力量與速度。與其說是因為恐懼，不如說是因為憤怒。她對小偷很生氣，還有對提莉也是！

　　提莉就是這樣，總是毫不思考就行動！如果她們惹上大麻煩，完全都是提莉的錯！至少現在提莉總該曉得，偷食物的不是她了吧！莫娜根本沒有說謊。不過，要是她們倆遭小偷攻擊，或是在雪地裡迷了路，讓她們產生爭執的事也就不重要了！

　　小偷突然消失在一個巨大的雪堆中。這時，莫娜的恐懼超過了她的憤怒。小偷到哪裡去了？

莫娜很快就發現，那堆雪其實是被雪掩蓋住的一根巨大圓木，因為圓木頂端從厚厚的雪堆中露了出來。這是那個小偷的巢穴！

「停！」莫娜對著提莉大喊。

太遲了，提莉已經跟著小偷跳進去了！

莫娜跟著跳進雪中的洞穴，跳進黑暗中，然後「碰」的一聲落地。

她眨著眼睛適應黑暗，然後小心的往前走了幾步。

提莉躺在她面前，趴在滿是灰塵的地板上，聳立在她面前的正是那個小偷！

是一隻田鼠！

莫娜以前也看過田鼠，但是從來沒有看過像眼前這隻長得那麼兇狠可怕。他的尾巴上有傷疤，一隻耳朵被撕裂成兩半。他的毛上覆蓋著雪，但是莫娜還是可以看見他毛皮底下的骨頭。他跟法蘭西斯一樣瘦，可是看起來不像法蘭西斯那麼柔弱。他全身肌肉緊繃，尾巴也是。這隻田鼠還露出又長、又白、又尖的牙。

提莉渾身發抖。

「你們追夠了吧！」田鼠用沙啞的聲音說。

莫娜把想尖叫的衝動硬是嚥了下去，看了看四周的地板，驚訝的發現有她需要的東西——一根小小的、尖銳的樹枝！莫娜抓起樹枝，顫抖的用它指著田鼠。她試圖鼓起勇氣用樹枝全力奮戰，以防田鼠向她撲過來。

這時候，一個小小、尖尖的聲音喊著：

「拜託！請別傷害小帽！」

孤兒之家

莫娜四處張望，現在她的眼睛更適應周圍的黑暗了。她倒抽了一口氣，因為她看見好多動物環繞在她身邊，全都是只有幾個月大的小動物：三隻浣熊挨在一起，吸著自己的爪子；一隻圓圓胖胖的豪豬，腳上纏著繃帶，感覺是被自己刺傷的；兩隻小兔子坐在小木屋入口旁，其中一隻小兔子手裡拿著一根木頭削成的蘿蔔玩具。這時候，莫娜才發現自己手上一直握著的，原來不是什麼小樹枝，而是另一根木頭蘿蔔！兩隻小兔子身旁站著一隻紅毛松

鼠，身型大概只有提莉的一半，毛茸茸的尾巴甚至比他的身體還大。

「拜託，不要傷害小帽！」他又說了一次。

「小帽？」莫娜說完，就把手上的木頭蘿蔔丟回地板上。

「就是我。」田鼠轉過來面對莫娜。莫娜又被嚇到了，因為他駝著背的樣子和灰白的毛，讓莫娜以為他很老，可是他的臉其實很年輕，只是臉上的鬍鬚有一半不見了。

小松鼠跑向田鼠，其他動物很快也聚過去。

「小帽，你還好嗎？沒事吧？有沒有怎麼樣？」一句句小小聲的關心此起彼落。

「我沒事。」田鼠說。他的目光在莫娜和提莉之間飄移，提莉正慢慢爬起來。「只是發生了一些……誤會。」

這群小動物終於不那麼緊張，他們很快的圍住莫娜和提莉，丟出各式各樣的質問轟炸她們。

「你是誰？」

「我是莫娜。」她回答。「我是一名服務生，在……」

「你為什麼會在這裡？」

「我是跟著……」

「你是小帽的朋友嗎？」

「你想參觀我們家嗎？」

「好呀，讓她參觀一下我們家啦，小帽！」一隻兔子回答，其他小動物也都同意。「讓他們看！讓他們看！」他們附和著。

田鼠很不情願的爬上一張椅子，點亮他們頭頂上方懸掛的燈籠，他揮動手掌示意：「歡迎來到『**孤兒之家**』。」

現在莫娜看出來了，這裡曾經的確是一個家，也是她看過最怪的家，因為所有的東西都斜向一邊！

她對面的那堵牆，曾經有一座美麗的火爐，現在卻完全歪向一邊。火爐裡沒升火，而是放了毯子和一些玩

具。火爐旁邊是一座書架，所有的書沒有左右整齊排放，而是上下顛倒亂成一團。

天花板上居然有一扇門！田鼠剛剛點燃的燈籠就掛在門把上。莫娜的左側應該是以前的天花板，現在變成一面牆，牆上還有一個洞，一隻小鼴鼠從洞口探頭往外張望。

這裡沒有種子蛋糕的奶油香氣或是烤堅果的味道，只有淡淡的腐朽味；這裡也聽不到燃燒柴火的劈劈啪啪聲與歌聲，只有天花板被積雪往下擠壓發出的嘎嘎聲。

儘管這裡跟樹旅館差別很大，有一件事倒是很像。火爐邊的牆上掛著一塊歪歪斜斜的告示牌，莫娜歪著頭念出上面寫的字：

我們用愛與歡笑過日子，
絕不接受咆哮或怒吼。

這讓莫娜想起掛在樹旅館大廳的告示牌。莫娜的心

裡充滿疑問，正想開口發問時，小紅毛松鼠指著告示說：「你看！你不能傷害小帽！這是**規定**。你知道吧，不能動口也不能動手，不能用捏的，也不許用刺的，**就算**你身上本來就長了刺也一樣。」

他說完，還特意看了豪豬一眼。豪豬粗聲粗氣的回答：「**我知道了啦**，亨利，我又不是**故意**刺你！」

「真的嗎？」亨利哼了一聲。

亨利還來不及繼續說，提莉就大喊：「亨利？」她擠過小帽身邊。「亨利，**真的**是你嗎？」

小紅毛松鼠的尾巴立刻豎了起來，變得很蓬，就跟提莉每次情緒變激動時一樣。

「提莉！」他喊著。

「我就知道！我就知道，我就知道！」亨利衝向提莉的懷抱。他們一起跌坐在地板上，

不過他們一點也不介意。他們笑著擁抱彼此，開心的滾來滾去，莫娜和其他動物則是一臉驚訝的望著他們。

「看來亨利的夢想終於成真了，對吧？」小帽聲音沙啞的說。

「什麼夢想？」鼴鼠問。「小帽，是什麼啊？」

「亨利找到他姊姊啦。」田鼠回答。

「**就跟你説吧**，我一定會找到她！」亨利大聲喊著，然後繼續黏在提莉身邊。

「是**我**找到你的，小不點！」提莉回話說，然後不停揉著亨利頭上的毛，直到所有的毛都豎起來為止。

莫娜心裡充滿了渴望與好奇。她記不得任何有關家人的事，不過就在此時，她想起了種子蛋糕的香味，還有柔軟的鬍鬚貼在她臉龐、跟她道晚安的感覺。好吧，也許她還記得那麼一點點。

她的思緒被小帽說的話打斷，小帽說：「誰會想到亨利的姊姊就在那個我每晚都去的樹旅館！」

「所以你**就是**小偷囉！我弟弟一直跟小偷一起生

活？」提莉說。

「小帽才不是小偷咧！提莉，我說的是真的。他看到土狼在追我，就把土狼趕跑，把我帶來這裡。小帽是英雄，他救了我！」

提莉覺得很意外，她轉向田鼠問：「真的嗎？」

小帽聳聳肩。「土狼很壞，尤其野生土狼更是不安好心！」他用手掌撫摸了一下自己早已不在的鬍鬚。

「嗯，我還是希望你可以解釋一下。」提莉雙臂交叉，質疑的說。

莫娜也很想知道究竟是怎麼一回事。

「我只有拿走你們不太需要的東西。」小帽慢慢的說著。

「因為你跟我們一樣，對嗎，小帽？」豪豬說。「你也是孤兒。」

「把故事告訴她們嘛。」一隻兔子說。

「講嘛，小帽。」另一隻兔子說。

小帽點點頭。「講故事倒是最簡單的。」他挺胸坐

好，閉上眼睛。「那已經是很久以前的事了，在一個炎熱的夏天，發生了一場火災……」

「一場像惡狼一樣可怕的火災。」亨利打斷小帽的話。「不，比惡狼更糟！因為大火吞噬了所有動物和樹木，是這個森林發生過最恐怖的事，不過小帽知道該怎麼辦，小帽從他家跑向小溪邊，大火追著他，還好小帽和他的家人逃走了。」

「我父母沒有。」小帽說。「我的兄弟姊妹和我變成了孤兒，還有很多其他動物也一樣。」小帽閉上了眼睛。

「可是沒關係，」亨利說，「因為小帽給了他們一個家。嗯，一開始的確很難找到一個好地方，所以他到處找。」

莫娜忍不住想起她自己找地方住的經歷，最後她找到了樹旅館。如果她當時找到小帽和他的夥伴，她會不會跟他們待在一起？如果是那樣，莫娜的生活就會與現在完全不同……

亨利繼續說：「後來有一天，小帽沿著一根木頭走，然後——**砰咚！**他往下掉，正好穿過天花板！」亨利用手指著上方一個用樹皮修補過的位置，那兒現在因

為雪的重量而下陷。「就是從這個天花板掉下來。小帽**超級無敵**驚訝，因為他掉進一間雖然塌了，但還是挺精緻的老房子裡。這是個很完美的地點。」用來修補天花板的樹皮，此時因為積雪的重量，又發出嘎吱嘎吱的聲響。「欸……大致上還算完美啦，」亨利說，「而且再也不必受大火、惡狼和土狼威脅……」

「但是也完全沒有食物。」小帽說。「我平常可以四處找、四處搜一些食物，可是因為大雪，連找食物都難……」

天氣彷彿也在聽他們說話似的，風呼呼的從入口處颭進來，可怕的聲音讓所有的動物都繃緊神經，莫娜也一樣。

小帽在亨利身旁做了一個手勢。「如果這個寬敞的樹屋可以為我們遮風避雨，另一個樹屋應該可以餵飽我們，你們樹旅館又不缺這麼一點食物。」

「你錯了，我們的確很缺食物。」莫娜說。「對我們來說，這個冬天同樣不好過。」

「不好過？」小帽說。樹屋又再次發出了嘎吱嘎吱的聲音。「沒錯，我不該偷東西，可是也許你和我對『不好過』的看法不同吧。」

莫娜望著身旁這些小動物的臉，倒抽了一口氣。小帽說得對，她已經很久都沒有餓肚子了。她睡覺的床很舒適，有一座劈劈啪啪不停燒著木柴的火爐可以溫暖身子，甚至還享用了慶祝神聖睡眠節的大餐。

很明顯的，這裡的小動物什麼都沒有，更別說能收到像美味奶酥或漂亮圍裙這類的禮物。這些動物需要樹旅館以及旅館內所能提供的東西：溫暖的床，劈劈啪啪燃燒的火爐，塗滿奶油的種子蛋糕，還有穿著睡衣的賀伍德先生——好心又寬宏大量的賀伍德先生。賀伍德先生確實正煩惱著食物的問題，可是預訂的貨物就快要到了，賀伍德先生肯定也不希望這裡的動物孤單又飢餓，對吧？莫娜深深的吸了一口氣。

「你不必偷呀，你可以來敲門。」

「真的嗎？」其中一隻小鼯鼠說。

「我們只要敲門就可以了嗎？我想要敲門！」另一隻小鼯鼠喊著。

「我媽媽說過，樹旅館裡有個房間，裡面滿滿的都是玩具。」

「還有一整個房間裡都是蜂蜜，可以在裡面游泳！」

「沒有一整個房間的蜂蜜啦，」莫娜說，「不過樹旅館裡，的確隨時都有蜂蜜可以喝。」

這群孤兒驚訝的瞪大眼睛。

「可是要付錢才能住那裡吧？」小鼯鼠尖聲說。

「當然要，」小帽搖搖頭說，「我們沒辦法去住。」

「現在的情況另當別論，」提莉說，眼睛瞥向亨利，「這是緊急情況，莫娜說得對。」

莫娜露出微笑，至少提莉跟她想法一樣。

「我不確定這樣好不好……」小帽說。「我並不想找施捨，我寧願靠我們自己想辦法，因為我根本不曉得

要怎麼解釋⋯⋯」

「別擔心，」莫娜說，「我可以幫你解釋。只要到樹旅館去，我保證一切都會沒事的。」

嘎吱嘎吱，就連天花板上的樹皮都有點疑慮。

考慮了好一陣子後，小帽終於點點頭。「看來我們也沒有其他選擇。」

所有孤兒都開心歡呼，有些甚至跳了起來，緊緊擁抱莫娜和提莉。提莉和莫娜彼此勉強的笑了一下，因為自從她們上次吵架後，就再沒跟對方說過話，莫娜心想，等回到旅館，我就會把所有事情解釋清楚，再也不要藏什麼祕密了。

她認為，一切都會順利的。

只是，修補的樹皮繼續在他們頂上嘎吱作響，彷彿還在擔心著什麼。

半夜被吃光的存糧

走回樹旅館的路又遠又冷。被風颳起的雪在他們四周打轉，雪變得更厚了。雖然應該已經快要天亮了，天色卻比之前更暗。下個不停的雪，讓他們連月亮在哪個方向都看不清。小帽和莫娜帶隊往前，提莉和亨利殿後。就算此刻不適合分享近況，但兩姊弟仍然聊個不停。小帽叫大家動作快一點，不要脫隊，因為雪下得愈厚，路就愈難看得清楚。

就在他們經過一個大雪堆旁時，跟莫娜走在一塊兒的鼴鼠說：「我聞到味道了！是種子、堅果，和起司的

味道，樹旅館到了嗎？」

「還沒有，」莫娜握了握他的手掌說，「那只是你想像的味道。」

「不可能！我敢說亨利也聞到了，他的鼻子最靈敏了！」

「馬修，等我們一到樹旅館，你再問亨利，」小帽說，「現在沒空停下來。」

莫娜微笑著回頭張望，可是雪下得太密、太快，她看不見亨利或是提莉。她很慶幸他們做了離開小帽家的決定，也希望離樹旅館不遠了。有那麼一瞬間，莫娜覺得自己也聞到什麼味道了，現在反而是她開始幻想了。

她的肚子開始咕嚕咕嚕叫。她上一次吃東西是什麼時候？應該有好一陣子了。於是，就像大夥兒肚子餓的時候一樣，她開始想著自己最愛的餐點——一大塊塗滿奶油的種子蛋糕和一杯熱蜂蜜。

凌晨時，他們終於抵達樹旅館。誰都阻止不了這群興奮的孤兒，他們好興奮能按可以打開門的心形暗鎖，

顧不得身上還有雪，就在一陣歡呼中衝進大廳。

「火爐耶！」一隻兔子喊著，然後直盯著火爐看。
「是真正的火爐，而且方向正常！」

「你們看！有樓梯耶！往上走就可以看見星星！」
另一隻兔子喊著。

「這裡超大唷！」

「而且**好**漂亮！」

他們開始爬上爬下，跳上跳下，只有一臉疲憊的小
帽站在門邊。

莫娜想起好幾個月前，她第一次踏進樹旅館時的感
覺。除了亨利以外，大夥兒應該都進來了。莫娜等著亨
利和提莉進來時，傳來一個聲音說：「欸欸，到底怎麼
回事？清晨兩點四十五分，怎麼還會有賓客？」

賀伍德先生邁步從走廊進入大廳，他戴著睡帽，脖
子上還是掛著他所有的鑰匙。

他本來就還在工作嗎？莫娜納悶著，都已經這麼晚
了……事實上，應該說是一大清早才對！

一群小動物看見這麼大的獾，都嚇得僵住了。莫娜正準備解釋時，又聽到另一個聲音。

　　「就是啊！這裡是怎麼回事？你們竟然敢打擾我的睡眠！不是說在樹旅館能睡得安穩嗎？哼！」

　　站在樓梯最上方的是女公爵。她穿著長睡袍，像拿著權杖一樣，揮動著手上的眼罩。女公爵抽抽鼻子，往大廳掃了一眼。「這又是哪來的破爛團體？」

　　靠攏在一塊兒的孤兒們，滿臉驚訝的抬頭看著女公爵。

　　「我們才不是什麼破爛團體，」小帽說，他最後總算踏進旅館大廳，「我們是從孤兒院來的，我是『孤兒之家』的小帽。」

　　賀伍德先生揚起眉毛。

　　「是我邀請他們來的。」莫娜說。「他們需要食物，之前也是他們拿走食物的，嗯……」

　　賀伍德先生的眉毛又抬得更高了。

　　「不是他們，只有我。」小帽說。「我本來打算一

到春天，就把所有東西都還你。」

「**還什麼？**」女公爵用尖銳的聲音問。「到底怎麼回事？」

賀伍德先生看起來很嚴肅。他搖搖頭，可是他沒有對小帽說任何話，而是轉身對莫娜說：「莫娜小姐，這是真的嗎？他們是因為你才到這裡來？」

莫娜驕傲的點點頭。「賀伍德先生，我知道您不會介意，您一定看得出……他們真的很餓，而且待在那裡也不安全。我不能讓他們留在他們的屋子裡，那間屋子就快塌了。」

不過就在這時候，莫娜看得出來事情很不對勁，因為賀伍德先生沒有露出微笑表示同意，而是搖搖頭，很嚴厲的看了莫娜一眼。

「噢，莫娜小姐，哪個晚上不選，你偏偏選了今晚！不過當然啦，你要怎麼……？」

「您剛剛說的是什麼意思？」莫娜說。「賀伍德先生，發生什麼事？」

「我本人有權要求了解狀況，」女公爵說，「立刻告訴我！」

「好的，沒有問題。榛樹林女公爵，請移步前往宴會廳，我們會向您解釋一切。我讓大家在宴會廳集合，包括員工和冬眠的住客。」

女公爵環抱雙臂，大步往走廊前進。莫娜不敢相信自己聽到的事，耳朵嗡嗡作響。

「您剛才是說冬眠的住客？」莫娜聲音小到幾乎不敢問出口。

「他們醒了。」賀伍德先生說。「他們醒了，而且把所有東西都吃光了。」

他們醒了。

宴會廳裡都是冬眠的住客，他們穿著睡衣，半夢半醒，滿臉都是奶酥。點點先生、點點太太和小點點，還有所有的瓢蟲，全都在桌面散步，看起來就像桌上鋪著紅黑點點的桌巾。蟾蜍揉著紅紅的眼眶和花栗

鼠坐在一起。花栗鼠看起來不只喝了蜂蜜，甚至就像用蜂蜜洗過澡似的，那副模樣啊，就算洗衣房的兔子拿了再多蕁麻莖做成的餐巾過來，恐怕也沒辦法幫他們擦乾淨。最小隻的花栗鼠尤其一團亂，他不只渾身黏答答，全身的毛更是因為睡覺而亂糟糟的。土撥鼠吉布森先生正在房間裡到處找，自言自語的說：「影子不見了，到處都找不到影子！我覺得，他一定還在睡……」烏龜跟在他身後，迷迷糊糊的問著：「我們是在玩找影子的遊戲嗎？這麼快就開始玩啦？」就連希金斯先生夫婦都醒了，他們看起來也是一臉茫然。

　　「發生什麼事？」莫娜聽到希金斯太太問刺刺女士。「為什麼沒叫我起床，告訴我究竟是什麼情況……？」

　　「你**的確**醒過來了啊，希金斯太太。」刺刺女士回答。「你醒來之後，把我所有的烤橡實都吃掉了。你知道的，因為太熱了……」

　　果然是通風口的問題！莫娜知道積雪擋住了通風口，她應該早一點反映這件事情的。可是當時她聽到小帽的聲音，還沒機會說，提莉就來了……咦，提莉呢？莫娜四處張望，可是沒有看見她。莫娜只看見小帽和孤兒們縮在房間後方，看起來不知所措。小帽說他一到春天就會把食物還給賀伍德先生，可是如果冬眠的住客已經吃光了所有食物的話，就算小帽真的做得到，也緩不濟急啊！不過，一定還有剩一點食物吧？

　　賀伍德先生宏亮的聲音打斷了莫娜的思緒。

　　「各位員工和住客，我向大家道歉！」賀伍德先生站在舞臺上，他的聲音在房裡回響。「我必須宣布這個沉重的消息。」他深深吸了一口氣，然後開口說：「樹

旅館已經沒有食物了。」

「沒有食物！」榛樹林女公爵尖聲說。「怎麼可能！」

「沒有蜜糖胡蘿蔔了嗎？」洗衣房的兔子莫瑞斯問。

「這裡有蜜糖胡蘿蔔？」小兔子們複述。

「這是在開玩笑吧！」一隻鴿子喊著。

「我知道一個笑話喔，」馬修說，「是亨利最喜歡的笑話。亨利，亨利？」小鼬鼠瞇著眼睛尋找。

「安靜，」小帽說，「現在不是說笑話的時候。我們得彌補我們做過的事……」

「不，不，是**我們**的錯。」站在桌上的點點先生說。「如果我們沒有醒過來……」

「不是你們的錯，如果……」刺刺女士說。

「那場雪！是雪的錯！如果不是雪一直下一直下。」其中一隻螞蟻說。

「**夠了，**」賀伍德先生下令，「別再用手掌或觸角

指著對方互相責怪了。沒有什麼『如果』，我們只能處理已經發生的事，也就是待在樹旅館裡，分享僅剩的一點點食物。我們可以融雪來煮熱飲，將就著吃廚房和房間還剩下的食物。」

「您說的對，直到我們訂購的貨物抵達，對吧，賀伍德先生？」吉爾斯說。

「恐怕還得再跟大家說另一個壞消息。」賀伍德先生說。「幾天前我收到一封信。信上說，我們訂的貨物，卡在一個大雪堆裡，松鼠們試著搬動貨物時，雪橇斷裂了。他們別無選擇，只能放棄。現在我連那批貨物被卡在哪裡都毫無線索。就算我知道，我們也沒辦法到那裡去把貨物搬回來。我之前沒有特別處理這件事，因為我希望我們的存糧可以撐到大雪停了之後，我們再出門去找那批貨物，會比較安全。可是大雪根本不停，我們的食物也吃光了。我真希望可以為大家送上更好的消息，可是實在沒辦法。」

莫娜倒抽一口氣，望向孤兒們。她正好承諾了要提

供他們食物和安全的住處。現在怎麼辦？他們該如何是好？大夥兒該怎麼辦？她緊張到胃都快打結了。

女公爵倒是做了決定。「我要立刻離開這裡！」她喊著。「我一開始就不該出門的，什麼樹旅館嘛！」

「我們樂團可以回城市！」迪米崔說。「城市裡到處都可以找到食物。」

「我們也要離開，」小帽說，「可是……」

「我不想走。」一隻兔子說。

「我也是。」另一隻兔子說，還突然哭了起來。一下子，所有孤兒都哭了起來，還邊哭邊大叫，莫娜聽到耳朵都痛了起來。

「**你們不能走！**」賀伍德先生說，他的話立刻讓大家都安靜了下來。「我強烈要求，誰都不能在這樣下著大雪的天氣離開，太危險了！我們一起想辦法，用剩下的一點點食物撐下去。」

有那麼一會兒，小帽看起來好像被說服了。可是下一秒，他比剛才更大聲的說：「我必須離開。」

「雖然沒有預料到你會出現……我……」賀伍德先生回答。

「我**必須**離開。」小帽打斷賀伍德先生的話。「我一定得這麼做！」

「冷靜，冷靜，親愛的，」刺刺女士說，「我們原諒你。沒事的，你一定想不到只要一顆岩鹽和一些水，我就能端出什麼料理唷。」

光是看著小帽，莫娜就知道有什麼事不對勁。小帽驚慌失措，眼睛卻沒放過房間任何一處地方。他的尾巴在發抖，手掌也在顫抖。

在他還沒說發生什麼事之前，莫娜就知道了，她的尾巴也開始發抖。

是亨利！亨利不見了，提莉也不見了！

「他們還在外面！」小帽大喊。

「誰不見了？」賀伍德先生質問。

「提莉！」莫娜哽咽了。「賀伍德先生，是提莉！提莉和她弟弟不見了。」

最棒的禮物

所有本來很重大的問題，似乎突然都變得不值一提，畢竟大部分動物幾天不吃東西都還撐得住，只要他們安全的待在一起，做好保暖，避開自然災害，怎麼樣都能想辦法活下去。可是，提莉和亨利可是被困在暴風雪中。

賀伍德先生睜大眼睛，張大鼻孔。「不會吧？」

可是，事實就是這樣！

提莉和亨利走在隊伍最後面，他們沒跟著大夥兒回到樹旅館。莫娜的心狂跳。

「我們得救他們才行！」莫娜高喊。「提莉是我的朋友！」

「我去！」小帽說。

「我也去！我也去！」馬修說。「亨利是我的朋友！」

「只要我們裹得緊緊的⋯⋯」刺刺女士說。

「我有很多毛衣！」希金斯太太說。

「我們馬上出發！」吉爾斯說。

「你們也會迷路！」賀伍德先生大吼。「在這種大雪中，根本找不到路。」

「一定要找到啊！」小帽說。

「如果點上燈呢？你們從遠處總有辦法看見樹旅館的燈吧？」西布莉說。

「或者聽得到聲音？」迪米崔說。「我們可以大聲演奏樂器，你們就可以循著聲音回來。」

「風的呼嘯聲比其他聲音都大，」賀伍德先生說，「而且大雪會遮蔽一切。」

「我知道了！」馬修吱吱叫著說。「我們可以握著彼此的手掌、爪子和尾巴，就像變成一條長長的鍊子，這樣我們就不會找不到樹旅館啦！」

「手掌、爪子和尾巴絕對沒用，」賀伍德先生說，「可是……」他話說到一半就停下來，揚起濃密的眉毛。「麻繩可以！只是我們的麻繩恐怕不夠長……如果我們能把所有的麻繩全部編在一起的話……可是那得花好多天才有可能做到。」

花好多天……把麻繩編在一起……莫娜的心臟怦怦跳。「我有一些麻繩！」她突然開口說。

「莫娜小姐，你是什麼意思？」賀伍德先生問。

「我一直在幫樹旅館做一件東西……」她很快的解釋。「不過，現在不重要了！我的重點是，我有一些麻繩。不，是很多麻繩，而且全都編在一起了。」

她是說真的，她有地毯！

地毯太大又太重，莫娜自己一個沒辦法把地毯搬上樓，所以悄悄在刺刺女士耳邊拜託她一起去拿。當她們

在宴會廳的地板上展開地毯時，地毯看起來比莫娜想像中更大、更漂亮。大夥兒都驚嘆得倒抽一口氣。

「我的天呀！」吉爾斯說。

「這全是你自己完成的？」希金斯太太說。

莫娜點點頭，然後看向賀伍德先生。賀伍德先生什麼話也沒說，只是把一隻手掌放在心上，這就是最棒的回應了。不過，莫娜沒有遲疑，她彎下身子，開始拆地毯。

「你確定嗎⋯⋯？」希金斯太太問道。

「我很確定。」莫娜說。

莫娜拆掉她準備的禮物，多少個日日夜夜的努力成果，很快就都消失了。希金斯太太小心的跟在莫娜身

後，把麻繩捲成一顆球。大家都想去找提莉和亨利，可是賀伍德先生堅持不讓太多員工冒險，但這當中不包括他自己——他還宣布他要當領隊。

「不行，」莫娜說，「您必須留下來守著旅館，我去。」

「我們一起去。」小帽回應。「我知道回我家的路。」

事情就這麼定了！大家都一起幫忙準備東西，提供手套、圍巾、燈，還有一些簡單的點心。

只有一隻動物單獨站在角落，把鼻子抬得高高的，就是女公爵。

大夥兒齊心協力，莫娜滿懷希望。

最後，等地毯完全拆開，莫娜和小帽也把自己包得緊緊的，帶上一些補給品和背包裡暖和的毯子，他們出發了。他們戴著手套的手掌抓緊麻繩一端，另一端則牢牢綁在樹旅館。

卡在雪堆裡的貨物

莫娜滿懷希望的心，一出旅館立刻就受到打擊，此刻暴風雪就跟惡狼一樣壞。不，甚至更壞。它啃咬著莫娜的耳朵和鼻子，用爪子猛抓她的毛，還用力拽她的尾巴。它在她耳邊咆哮，讓她的頭好痛，就連刺刺女士提供的手套也沒有用，莫娜的手掌凍到發麻，幾乎沒辦法握緊麻繩。

他們才走了幾步，樹旅館——那棵巨大的樹，已經完全被雪遮蔽了。

儘管如此，小帽還是努力向前走，麻繩就在小帽與

莫娜之間搖搖晃晃。「跟緊我。」小帽頂著風大喊。

他們的計畫就是朝著小帽家的方向走，試著沿路尋找提莉和亨利。

「提莉！」莫娜大喊。

「省點力氣吧，」小帽回頭大喊，「她聽不⋯⋯」就連小帽說的話都因為呼嘯的風而聽不清。莫娜強忍住不再大喊，雖然她想大聲呼喊提莉，巴不得使出渾身解數，只要能找到她的朋友。

他們走得愈久，莫娜的手掌就愈痛⋯⋯還有她的心也一樣痛。在這種什麼都看不見的暴雪當中，不難想像會迷失方向。於是莫娜把麻繩握得更緊，只要抓緊麻繩，就找得到回樹旅館的路。莫娜拉了繩子一下，感覺繩子鬆鬆的，很奇怪。

「小帽！停下來呀！」莫娜喊著。「有點**怪怪**的。」

狂風呼嘯，小帽沒聽清楚她說什麼，對著後方大喊：「什麼拐拐的啦！」

「不是啦⋯⋯有點怪怪的！」莫娜大喊，可是小帽只是繼續向前走。莫娜又輕拉了麻繩一下，麻繩絕對變鬆了。如果她打的結鬆掉了怎麼辦？或是麻繩被什麼植物的殘根割斷了？

莫娜還沒機會再對著小帽大喊，就被埋在雪裡的東西絆倒了，幸好她及時穩住自己。

她被什麼東西絆倒？一根樹枝？還是陷阱？

下一秒她就看清楚了，是細細的、有顏色的東西！是麻繩！他們往回繞了多久？

「你看！」莫娜喊著。

這一次小帽聽見了，他轉過身來。

「我們一直在繞圈圈！」

「我們不能放棄！」小帽說。莫娜也同意不能放棄。就在這時候，小帽說：「我知道我們要去哪裡！」莫娜這下就不太確定了。

都還來不及討論，小帽又繞了回來，決定繼續往前走。麻繩突然收緊，莫娜差點跌倒。

莫娜根本沒辦法跟小帽好好商量，尤其他們幾乎聽不見彼此的聲音。

小帽就跟提莉一樣固執。

莫娜剛開始在樹旅館工作時，提莉非常難纏，莫娜還以為提莉討厭她，因為這件事，莫娜差點就永遠離開樹旅館。後來莫娜才知道，提莉是因為失去了家人，又擔心莫娜會搶走她的工作，她不能再失去任何東西了，所以她很害怕。

　　現在，莫娜也很害怕。

　　上次吵架之後，她和提莉還來不及和好呢！提莉說莫娜偷偷摸摸，莫娜說都是提莉的錯。其實都不是！莫娜應該告訴提莉她在做什麼，朋友就應該分享所有事情。難道上次就是她們最後一次的對話嗎？

　　莫娜緊緊拉著麻繩。在這之前，那些擔心著要準備禮物，努力編織地毯的夜晚，似乎是那麼重要。

　　但是其實一點也不！

　　朋友才重要。朋友、食物和樹旅館，才是最重要的禮物，不是任何包裝好，用麻繩綁好的東西。

　　莫娜的眼淚就快掉下來。

　　她不停吸鼻子，試著不要哭。然後，她又吸吸鼻

子，好像聞到了什麼味道……是種子蛋糕嗎？她又聞了一下……**對，絕對是！**

「種子蛋糕！」她迎著風大喊。

「我知道很糟糕！」小帽也喊了回來。

「不是！我是說**種子蛋糕，小帽！**」

而且不只是種子蛋糕，莫娜還聞得到其他東西的味道：橡實、起司，還有甘草。

是她胡思亂想嗎？

莫娜突然停下腳步。

就在不久前，在她們從小帽的家往樹旅館走的路上，她就是這樣跟馬修說！當時莫娜以為馬修說有食物的味道是他的想像，可是也許不是。也許那是……「樹旅館的貨物！」莫娜喊著。馬修也說了，亨利的鼻子很靈敏。

如果亨利聞到食物的味道，提莉就會堅持要去找。如果他們發現了旅館的貨物，那麼……也許他們就是這樣才迷路的，莫娜也能在那裡找到他們！

沒錯，她很確定，從她的鬍鬚、她的心，到她的鼻子，渾身上下都很確定。

　　她手裡的麻繩突然大力搖了一下。「莫娜，」小帽說，「我說不要停下來呀！」小帽的表情很嚴厲，就連臉上原本該有鬍鬚的地方也抽動著，不過也就那麼一會兒而已，因為就在這個時候，小帽也聞到味道了！他睜大了眼睛，抬高鼻子開始用力聞。莫娜也是。

　　聞這兒！聞那兒！努力聞！他們跟著鼻子走，穿過白茫茫的大地，經過兩棵樹，往一座大雪堆的方向前進……

出動救援！

它看起來像是很大的雪堆，但其實不是。風吹散了一些積雪，莫娜看得出是一堆箱子和袋子，上面還印著松鼠快遞公司的黑色橡實商標。有個箱子裂成兩半，從箱子裡飄出種子蛋糕的香味。

是那批旅館訂購的貨物！肯定是！雪橇的其中一個板子斷裂了，賀伍德先生的確有提到雪橇壞了。

可是，空氣中不只有香味，還傳來了聲音，隨風傳來一陣微弱的歌聲。

我們就是這樣刷刷尾巴，

刷刷尾巴，刷刷尾巴。

我們就是這樣刷刷尾巴，

一大清早刷刷尾巴……

「亨利，拜託，沒有更好聽的歌嗎？」

莫娜立刻認出這個聲音。「提莉！」

「莫娜！**莫娜！**」這個細細尖尖的聲音回應。

這時候，從他們正前方雪堆的空隙間，就在那批貨物底下，探出一顆頭，有著毛茸茸、長著紅色毛髮的臉──正是莫娜最好的朋友。提莉連滾帶爬的從雪堆裡出現，沒一會兒，亨利也出現了。

「我就知道他們一定會來！我就知道！」亨利喊著。

「亨利！」小帽驚呼。「我們找到你了！」

亨利和小帽跳進彼此懷裡，提莉和莫娜也一樣，接著是一連串興奮的擁抱和開心的喊叫。

等他們都鎮定下來，小帽用他和莫娜帶來的毯子把亨利和提莉裹好。接著，他們一同分享亨利從某個箱子挖出來的一小盒點心。箱子裡裝滿糖漬樹皮、楓糖霜青苔、橡實馬卡龍，甚至還有起司，都正好是能讓他們打起精神回家的食物。莫娜從來沒吃過這麼美味的起司，她可以感覺到自己連鬍鬚都放鬆下來了。

　　「是我靈敏的鼻子找到食物的唷。」亨利說。「小帽，我們可以把食物帶回去嗎？可以嗎？」

　　「我一直跟他說，我們不能帶走這些食物。」提莉

告訴莫娜。「吃個一兩次當點心無所謂，可是我們不能再拿更多，因為這些食物不是我們的。」

「是我們的呀！」莫娜說。「旅館的貨物被雪堆卡住了。賀伍德先生說是因為雪橇壞了，所以這些一定是我們訂的貨物。」

「我們的食物送不回去？！」提莉哀號。「**難怪**最近賀伍德先生壓力特別大的樣子。每次他壓力很大我都看得出來，他講話就不會押韻了。」

「所以我們**可以**把食物帶回去？我們可以吃山毛櫸餅乾？有塗奶油的？」亨利喊著。

「等雪停以後再說吧！」小帽說。「我們得先帶你們回去，我們把麻繩綁在……」

「麻繩？」提莉問。「什麼麻繩？」

「從我的地毯拆下來的麻繩。」莫娜說。

「什麼地毯？」

「那本來是我的祕密。」莫娜說。「我在編織一張地毯要送給你和樹旅館的大家，好代替被女公爵弄髒的

那張。我最近一直都在忙的就是編織地毯……我想要送大家一份禮物。」

「噢……」提莉說。這隻松鼠很難得露出不曉得該說什麼好的表情。「難怪……你真的很好心。可是……可是你不必……」

「事實上，還好她這麼做了。」小帽說。「那條麻繩把莫娜跟我綁在一起，能帶我們一起走回樹旅館。看到了嗎……？」

「看到什麼？」提莉問。

「我什麼也沒看到啊。」亨利說。

的確，什麼也沒得看，因為小帽和莫娜身上的麻繩都不見了！找到他們的朋友時因為太興奮，莫娜和小帽都放掉麻繩了！

「我……我不敢相信！」莫娜的心沉重得不得了。

「快找呀！」小帽大聲喊道。「麻繩一定還在這附近！」

麻繩要嘛被大雪蓋住了，不然就是被風吹走了，因

為到處都找不到。

莫娜說什麼也**不敢相信**！她怎麼可以放掉麻繩？難道她救援的主意就落得這種下場！還談什麼救援？找到提莉和亨利，難道只是為了跟他們一起迷路嗎？

她望著她的朋友提莉，緊緊和亨利抱在一起，姊弟倆都裹著毯子在發抖，強風把他們的鬍鬚吹得左右擺動。他們看起來就快凍僵了。

莫娜必須找到麻繩。她望向前方白茫茫一片，麻繩一定就在那裡，非在那裡不可！

可是她的眼前什麼也沒有，只有無盡的白、大片的白，還有雪花花的白⋯⋯

咦⋯⋯那是嗎？一閃而過的金色。

是麻繩！

麻繩沒有掉在地上或者被風中吹動，而是被榛樹林女公爵緊緊握在戴著手套的手掌上！莫娜簡直不敢相信自己的眼睛，女公爵身後是她鮮紅色的雪橇，拉著雪橇的是年輕的小鹿法蘭西斯，還載著整雪橇的旅館同事，

包括全身裹得緊緊的吉爾斯、希金斯太太，還有其他夥伴。

「嗯，我們也差不多該趕上你們了！」女公爵說。「沒錯，正是時候。」

莫娜從來沒想過自己見到女公爵會這麼開心，可是她真的好開心。

蕨森林有句諺語說：每一次撿到的堅果中，最多只會有三顆爛堅果。意思是：事情糟糕到一個程度之後，就會好轉。

情況總算好轉了。

莫娜和小帽離開旅館的時間，比大家預期得還要久，因為他們在繞圈圈，於是賀伍德先生開始擔心。他想要去找莫娜和小帽，還有提莉和亨利。可是，他擔心這一出門又彼此失去音訊。就在這個時候，女公爵做出讓大家非常驚訝的決定——她自願提供她的雪橇。有雪橇就太完美了，因為雪橇不但可以載大家回家，同時可

以載回一些食物。

雖然女公爵手足無措的站在一旁，不確定該怎麼做，法蘭西斯倒是非常熱心的把雪橇拖到貨物旁，方便大家把東西搬上雪撬。就連大雪都很幫忙，因為暴風雪開始減弱了。

雪橇堆滿箱子之後，他們立刻循著麻繩的方向，掉頭往樹旅館出發。

「要是早點到外面來找我，我就可以幫你們拉東西啊！」法蘭西斯喊著。「我早就告訴過你，我很會拉東西！我確實很厲害吧！」

「你真的很厲害！」莫娜說。她和提莉還有亨利坐在前座，就坐在一個裝著種子蛋糕的箱子上。她的心情好極了，裹著毯子，她的朋友就在身邊。

亨利一定也心情很好，因為他開始開心的唱起歌來：

刷刷尾巴，刷刷尾巴。

我們就是這樣刷刷尾巴……

「不會又是那首歌吧！」提莉咕噥著。

「換這首歌怎麼樣？」莫娜提議，然後就開始唱了起來：

樹旅館，樹旅館，

長著羽毛和長著毛皮的朋友，

在這裡都能住得安心……

這一次，小帽沒有再叫她省點力氣，莫娜甚至看到小帽一起用腳掌打拍子呢。沒有多久，他們已經可以看到樹旅館了。現在雪變小了，樹旅館小小的窗戶透出光，看起來就像遠方的星星。

「你知道嗎？」提莉襯著歌曲輕聲說：「我覺得搭雪橇比溜冰還要好玩！」

雖然莫娜從來沒有溜過冰，但是她也贊同提莉的話。

神聖亮晶晴早午餐

回到樹旅館，迎接莫娜、提莉、小帽和亨利的是一連串的歡呼聲。雖然大家都沒有說什麼，莫娜感覺得出來，現在小帽在大家眼中不是什麼小偷，而是英雄。他們四個和旅館裡其他夥伴蜷縮在火爐邊，吃著剛剛烤好的種子蛋糕，喝著一杯杯熱蜂蜜當做點心。

大廳的角落堆著一箱箱「甲蟲頂級寢具公司」的貨物，螞蟻木匠工班急著拆箱，因為這些是昆蟲套房的家具，同樣也是跟松鼠快遞公司訂購的。

大夥兒已經把最主要的食物搬到樓下的儲藏室，有

一些則搬到了廚房。刺刺女士、瑪姬、莫瑞斯和其他員工正忙著烘焙還有烹煮大餐，準備樹旅館有史以來最豐盛的早午餐。這頓早午餐是為住客、孤兒們……甚至還有冬眠的住客準備的，因為冬眠的住客興奮到無法再度入眠。

莫娜想要幫忙，只是刺刺女士堅持要她待在提莉身邊，確保提莉安然無恙。

提莉哪裡會有事，她早就又開始抱怨東、抱怨西了。

「真不敢相信冬眠的住客醒了！這麼一來，我們就得準備好所有的房間。現在外面都還在下雪呢！」

就像在回應提莉似的，法蘭西斯透過樓上的窗戶對裡面喊著：「雪幾乎停了耶！」他的聲音沿著樓梯往下傳。

「你覺得他會讓我們搭雪橇嗎？」孤兒小兔子問。「亨利有搭過欸，真不公平！」

「超好玩的！」亨利說。

「雪橇又不是我們的，是女公爵的！」小帽說。

「有誰在叫我嗎？」是女公爵的聲音。她出現在樓梯上，這次不是穿睡衣，也沒有全身裹得緊緊的，而是圍著亮面的絲巾，戴著美麗的長手套。莫娜看得出來，雖然她一身華服，全身卻散發出不同以往的親切感。

「噢，她真漂亮！」小兔子發出了讚嘆。「我可以摸一下你的圍巾嗎？可以嗎？」

「你是公主嗎？」小兔子的雙胞胎姊妹問。

「公主？噢，不是，我是女公爵，榛樹林女公爵。大家都認識我……」不過她話只說了一半。「你過獎了。沒問題，你可以摸我的圍巾。」雖然女公爵這樣說，小兔子真的上前摸她的圍巾時，她似乎一時之間不知如何是好。

「要不，你們拿去圍看看？」女公爵說，一面把圍巾遞給她們。

「噢，」一隻小兔子說，「這樣我**好像**公主唷！」

「不對啦，是**女公爵！**」另一隻小兔子說。

女公爵看來更不知所措了。「唉呀……」她正要繼續說的時候，法蘭西斯打斷了她的話說：「現在只有飄一些雪片了！」

「看來雪應該會完全停了。」小帽說。「不過我們當時不可能等雪停才回來。」

「對呀，」亨利說，「**我都快凍死了。**」

「亨利，你別說得那麼誇張，你不是還唱著歌。」

提莉說。

「我哪有！」亨利說。

孤兒小豪豬氣喘吁吁的跑下樓。「我找到遊戲室了！快點來！快點來！」他轉身就又急著跑上樓。

孤兒們一陣忙亂，全都跟著他跑，就連亨利和本來搶著要先圍圍巾的小兔子姊妹也是。

孤兒們一跑掉，大廳就安靜下來。爐火燒得劈劈啪啪，螞蟻木匠工班正拆著包裝的小小床，也發出嘎吱嘎吱的聲音。莫娜嘴裡嚼著烤種子蛋糕。山楂泡芙、橡實舒芙蕾，還有起司奶酥的香氣，沿著宴會廳往走廊飄散。

「我**原本**打算在開會時圍那條圍巾的。」女公爵說，接著在孤兒們離開之後的空長椅上坐了下來。她嘆了一口氣。「不過，當然那是之前的打算……」

「女公爵，什麼『之前』？」莫娜小口吃著她的種子蛋糕。

「在我知道根本沒有會議之前。」

莫娜一口吞下嘴裡的蛋糕。這就是為什麼女公爵並不急著離開，也是為什麼法蘭西斯說他會送女公爵回家的原因。

　　「嗯，**本來**確實是有一場會議……但是不是在我的領地舉辦。」女公爵繼續解釋：「今年的主辦單位選了其他領地舉辦會議，所以我當然拒絕參加！我的領地是整個蕨森林裡最美的一塊地方。可是，我就是不懂……」女公爵抽動了一下鼻子，只是這次她不是傲慢的抽著鼻子，是傷心的抽著鼻子。「唉，我確實沒有坦白，我其實知道原因……畢竟……我應該可以說……我一直沒那麼好相處。你能明白的吧，我真的很樂意幫忙。其他的動物出身不像我這麼好，又不是我的錯……」

　　提莉哼了一聲，不過什麼話也沒說。

　　女公爵又繼續說：「我擁有的東西一直都是最棒的：最棒的家庭女教師、最棒的食物、最棒的領地。不過，有時候『最棒的』其實也最寂寞。對一隻兔子來

說，我的領地顯然太大了，所以我才來到樹旅館，我知道我可以在這裡找到同伴……就某方面來說，我確實找到同伴了，可是我還是很寂寞。」

「可是你有這麼多仰慕者。」提莉說。

「是沒錯，可是沒有朋友。」女公爵說。聽到這裡，莫娜握了一下提莉的手。

女公爵看見莫娜的動作，點了點頭。「就像你們。看見你們願意為彼此做的事情，改變了我。我很孤單，可是我可以不必孤單，我可以選擇加入大家、一起幫忙；與其把別人趕走，我可以讓大夥兒聚在一起。」

「您那麼做真的很棒。」小帽說。

這一次，女公爵沒有像往常那樣高傲的揚起鼻子，她反而露出了微笑。

小帽也笑了。

莫娜突然想到一個主意。女公爵的家那麼大，那麼寬敞，反而讓她覺得很寂寞，可是小帽和孤兒們卻沒有家。要是能把這兩者做個最完美的搭配……

不過，大夥兒還沒機會聽莫娜的想法，就被一個不可思議的景象吸引住目光——是賀伍德先生！他又換裝扮了！這一次他不是穿睡衣，而是戴著一頂奇特的帽子，看起來就像一朵上下顛倒的鬱金香。賀伍德先生手上還拿著一只很大的鈴鐺。他看起來太滑稽了，莫娜忍不住咯咯笑。

　　叮噹～叮噹～叮噹！

　　叮噹～叮噹～叮噹！

　　賀伍德先生搖響鈴鐺。

　　過了一會兒，孤兒們全都急急忙忙跑下樓。

　　「神聖亮晶晶！是神聖亮晶晶耶！」亨利喊著。

　　「不是，是……」莫娜說。

　　提莉制止莫娜。「對，是神聖亮晶晶！」

　　「可是，神聖亮晶晶從來沒有在還下著雪的時候就出現！」亨利喊著。

　　「這個嘛，我猜今年的情況特殊。」提莉說。

　　「神聖亮晶晶來囉！帶來溫暖的希望和歡樂的假

期！」賀伍德先生大喊。

賀伍德先生帶領大家進入餐廳時，孤兒們全都圍繞著他。莫娜聽見一陣陣開懷的叫聲。

「**一整池**的蜂蜜耶！」

「**是真的耶！**」

「你們看！」

鈴鐺又響了，賀伍德先生，喔不，是神聖亮晶晴大喊：「看這裡，看這裡！等你們全都乖乖坐好，早午餐才會開始唷！」

「那一定也包括我們。」女公爵說。接著，女公爵就站起來，走進餐廳。小帽和其他動物也跟著她移動腳步。莫娜看著他們邊走邊聊天。她待會兒才要告訴大家她的計畫。提莉沒跟著進餐廳，莫娜則想跟她的朋友一起走。

「哎呀！相對於安靜的冬天，亨利實在是活力滿滿，對吧？」提莉說。

莫娜點點頭，這個冬天安靜卻不平靜啊。可是，她

也不希望冬天會是其他的樣子。如果忙代表能結識新的朋友，歷經新的冒險，那麼忙一點比較好！

「不曉得賀伍德先生會不會讓亨利留在這裡……你覺得會嗎？」提莉繼續說：「賀伍德先生講話又開始押韻了，這應該是好現象。」

莫娜正想說，她覺得賀伍德先生一定會讓亨利留下來，可是她突然停了下來。她不想許下任何不該由她來決定的承諾。「我猜一定會的。」莫娜說。「你也知道賀伍德先生心地有多好。小帽心地也很好啊，不是嗎？雖然他**曾經**當過小偷……」

「說到這件事，」提莉說，「很抱歉我錯怪了你。」

「不，我才覺得很抱歉，」莫娜很快的說，「我不該藏著祕密的……」

「嘖，你到現在還不知道嗎？樹旅館一向都充滿了祕密呀！」

「我想你說的對。」莫娜說。

「我當然是對的啦!」提莉說。「來吧,如果我們想聽神聖亮晶晴唱歌,就要動作快一點。一定很好玩!說不定賀伍德先生又會拋接豆莢呢!神聖亮晶晴早午餐最棒了!甚至比神聖睡眠節的晚宴還棒喔。我的意思是,神聖睡眠節晚宴的禮物跟一切都很棒,可是在神聖亮晶晴早午餐的時候,你可以撬開一顆種子,預測你在春天的運氣怎麼樣耶!那些預言是吉布森先生寫的唷!而且全部都是好……」提莉停頓了一下。「嗯,都很好玩啦!」

「神聖亮晶晴到底是誰呀?」莫娜問。

「噢,當然是神聖睡眠最好的朋友。」提莉說。

提莉笑了,莫娜也對她微笑。

接著,她們倆就從暖暖的火爐邊起身。離開大廳前,莫娜又看了大廳一眼。入門處沒有地毯,地上一片泥濘,到處都是腳印和一灘一灘形狀像花朵的雪水。

雖然到處亂七八糟,不過沒關係,因為重要的一切都在這裡:劈啪作響的火焰,美味食物的香氣,還有一

個朋友緊緊握著她的手掌。

　　莫娜明白，只要擁有這些，不管春天即將帶來什麼祕密與驚奇，她早已做好了準備！

松果日報

重要新聞快訊
蕨森林的孤兒們有新家了！

著名的榛樹林女公爵，宣布全新的蕨森林孤兒之家開幕。這座保護及照料動物孤兒的中心，座落於女公爵重新翻修的洞穴。榛樹林女公爵將與威廉·小帽共同擔任計畫執行長。過去幾年來，小帽一直負責管理一個小型的相關機構。

這座新落成的孤兒之家，有專職的員工與完善的設備，將可容納及照顧超過三十名年幼動物。

「我們為鼴鼠與蝙蝠提供了暗房，為負鼠準備了鞦韆，為兔寶寶準備了加飾毛邊的洞穴，還為青蛙準備了泥巴箱。」女公爵說。「我會開設孤兒之家，是由於先前在樹旅館住宿時所得到的啟發，當時我參與了暴風雪的孤兒救援行動。」（關於這次猛烈暴風雪的相關新聞，請見二版。）

孤兒之家將於明天下午，在青苔廣場舉行盛大的啟用典禮，歌手西布莉與鴿子聲調樂團將於現場演出，並由樹旅館提供點心與茶水。

提醒您：如果您看見需要幫助的小動物，請派松鴉信差通報，或洽詢「小帽與榛樹林的孤兒之家」。

【相關消息】
樹旅館的昆蟲套房已重新整修完工，歡迎入住！

歡迎擔任

 樹旅館特約設計師

如果讓你負責規畫樹旅館的三個房間，你打算選用哪些家具跟用品呢？在動手之前，先想想這三個房間適合哪種動物入住。記得要讓所有住客待在樹旅館時，都能睡得安穩、吃得開懷，享受最快樂的時光！

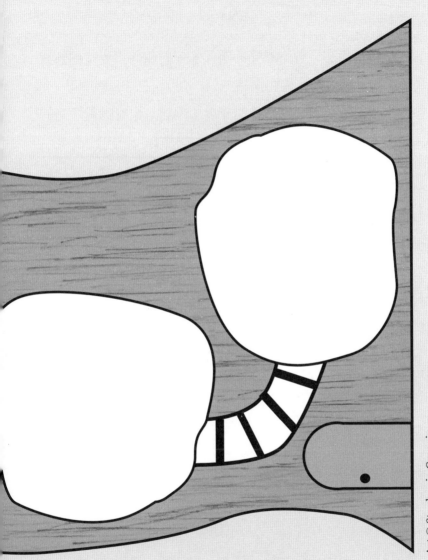

致謝

我很幸運，有這麼棒的家人、朋友和同事，是你們讓我能盡全力寫出最棒的作品。

謝謝爸爸、媽媽、我的兄弟、瑪莉，還有爺爺奶奶的照顧。

謝謝我的朋友們，尤其是筆桿子（Inkslinger）寫作團體的成員：唐雅里歐德奇（Tanya Lloyd Kyi,）、瑞秋德蘭妮（Rachelle Delaney）、克莉斯蒂高爾岑（Christy Goerzen）、雪儂歐基爾尼（Shannon Ozirny）、羅莉薛麗特（Lori Sherritt）、瑪音廓雷斯（Maryn Quarless），以及李艾德華弗帝（Lee Edward Fodi）、莎拉吉林罕（Sara Gillingham），還有我在寫作上的靈魂伴侶——維姬凡希可（Vikki Vansickle）。

謝謝優秀、體貼又仔細的編輯們——羅騰瑪斯科維奇（Rotem Moscovich）、海得麗戴爾（Hadley Dyer）和蘇珊蘇德蘭（Suzanne Sutherland），以及迪士尼亥博（DisneyHyperion）、加拿大哈珀柯林斯（HarperCollins）了不起的出版團隊，以及聰敏的藝術家史蒂芬妮·葛瑞金。

謝謝全世界最棒的經紀人艾蜜莉凡畢克（Emily van Beek），還有我的丈夫路克史班斯畢爾德（Luke Spence Byrd）。另外，還要謝謝不可思議的蒂芬妮史東（Tiffany Stone）——在我寫《樹旅館》系列時，她彷彿都和我一起住在樹旅館！

XBSY0037

樹旅館 2　最棒的禮物
Heartwood Hotel: THE Greatest Gift

作者｜凱莉‧喬治 Kallie George
繪者｜史蒂芬妮‧葛瑞金 Stephanie Graegin
譯者｜黃筱茵

字畝文化創意有限公司
社　　長｜馮季眉
編　　輯｜戴鈺娟、陳心方、巫佳蓮
特約編輯｜洪　絹
美術設計｜劉蔚君

讀書共和國出版集團
社　　長｜郭重興　發行人暨出版總監｜曾大福
業務平臺總經理｜李雪麗　業務平臺副總經理｜李復民
實體通路協理｜林詩富　網路暨海外通路協理｜張鑫峰　特販通路協理｜陳綺瑩
印務協理｜江域平　印務主任｜李孟儒

出　　版｜字畝文化創意有限公司
發　　行｜遠足文化事業股份有限公司
地　　址｜231 新北市新店區民權路 108-2 號 9 樓
電　　話｜(02)2218-1417
傳　　真｜(02)8667-1065
E m a i l｜service@bookrep.com.tw
網　　址｜www.bookrep.com.tw
郵撥帳號｜19504465 遠足文化事業股份有限公司
客服專線｜0800-221-029

法律顧問｜華洋法律事務所 蘇文生律師
印　　製｜中原造像股份有限公司

2021 年 10 月　初版一刷
2022 年 7 月　初版二刷
定價｜330 元
ISBN｜978-986-0784-66-4
書號｜XBSY0037

Heartwood Hotel : THE Greatest Gift
Text copyright © 2017 by Kallie George.　Illustrations © 2017 by Stephanie Graegin.
Published by arrangement with Folio Literary Management, LLC and The Grayhawk Agency.
Complex Chinese translation © 2021, WordField Publishing Ltd, a Division of Walkers
Cultural Enterprise LTD.

國家圖書館出版品預行編目（CIP）資料

樹旅館. 2, 最棒的禮物/凱莉.喬治(Kallie George)著；史
蒂芬妮.葛瑞金(Stephanie Graegin)繪；黃筱茵譯. -- 初
版. -- 新北市：字畝文化出版：遠足文化事業股份有限
公司發行, 2021.10
　　面；　公分
譯自：Heartwood hotel : the greatest gift.
ISBN 978-986-0784-66-4(平裝)

874.599   110014812

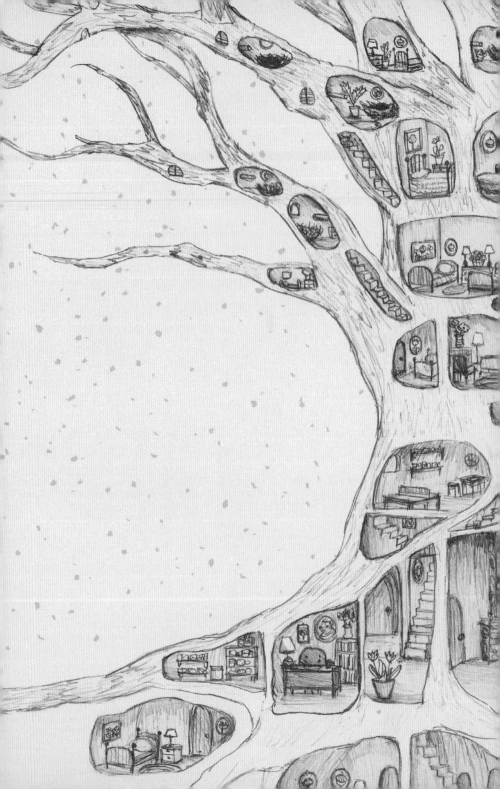